KB114620

도시의 주인

말리브 장편 소설

FUSION FANTASTIC STORY

도시의 주인 5

말리브 장편 소설

초판 1쇄 찍은 날 § 2014년 6월 26일
초판 1쇄 펴낸 날 § 2014년 7월 3일

지은이 § 말리브
펴낸이 § 서경석

편집부장 § 권태완
편집책임 § 박은정

펴낸곳 § 도서출판 청어람
등록번호 § 제387-1999-000006호
등록일자 § 1999. 5. 31
어람번호 § 제1-1885호

주소 § 경기도 부천시 원미구 부일로 483번길 40 서경B/D 3F (우) 420-822
전화 § 032-656-4452 팩스 § 032-656-4453
http://www.chungeoram.com
E-mail § chungeorambook@daum.net

ISBN 979-11-316-9101-4 04810
ISBN 979-11-316-9005-5 (세트)

도시의 주인

말리브 장편 소설

FUSION FANTASTIC STORY

5

청람
도서출판

CONTENTS

나는 다시 구글이 있는 캘리포니아로 아내와 함께 갔다.

캘리포니아는 남한의 몇 배나 되는 넓은 곳으로 관광할 것이 많았다.

금문교로 가는 도중에 펼쳐진 해안가의 모습이 시원하고 좋았다.

딱히 어디를 가겠다는 생각은 없었다.

그동안 집에만 있던 아내를 위해 온 것이라 그곳이 어디라도 우리의 목적지였다.

손을 잡고 걷는 많은 연인을 보며 우리는 웃었다.

우리는 연애 기간이 상당히 짧았다.

서로에게 권태로움을 느끼기 전에 결혼해 마냥 좋았다.

지루해질 틈도 없이 아이가 태어나고 여러 가지 삶의 문제들이 튀어나와 버리곤 했다.

길거리에서 핫도그를 먹고, 멋있어 보이는 카페에서 파르페를 먹으며 시간을 보내다 구글 본사로 갔다.

채드 헐리와 스티브 첸이 먼저 와 있었다.

"반갑습니다."

"오, 미스터 김. 반갑습니다."

반갑게 인사를 하고 난 후 나는 아내를 소개시켜 줬다.

"제 아내입니다."

"반갑습니다."

"반가워요."

스티브가 현주를 보고는 고개를 갸웃한다. 그리고 생각난 듯 말했다.

"오 마이 갓. 한국의 여배우 서현주 씨 맞죠?"

"네."

채드 헐리는 전혀 현주를 알아보지 못했지만 스티브 첸은 그렇지 않았다.

한류가 동남아에 붐을 일으키고 있던 시기였기에 대만 출신인 그는 한국 배우에 대해 잘 알고 있었다.

그는 2008년 한국을 방문해 그때 만난 한국 여성과 결혼하기도 했다.

우리는 이야기를 하다 구글의 래리 페이지를 만났다.

오늘은 세르게이 브린도 같이 참석했다.

인사를 잠시 나누고 현주는 밖에 나가 있었다.

그녀는 구글의 독특한 실내 인테리어에 무척이나 감명을 받은 듯했다.

나도 처음 왔을 때 놀라운 아이디어로 번뜩이는 인테리어를 보고 무척이나 놀랐었다.

"하하, 벌써 두 번째군요."

"예. 아마 구글이 상장하지 않았다면 전 구글에도 투자를 했을 것입니다."

"물론 그렇게 하셨겠죠. 큰 거래에는 꼭 있으시군요. 또 만나게 됩니까?"

"그렇지는 않을 겁니다. 미국 내의 기업에 투자는 했지만 구글과는 맞지 않을 겁니다."

"흠, 그렇군요. 이번이 두 번째이니 빠르게 진행해도 되겠죠?"

"물론입니다. 전 제 지분만 받으면 이의를 제기하지 않겠습니다."

이야기는 상식적이고 평범하게 흘러갔다.

주식으로 받는 거라 저번 건과 이번 건을 합치니 주식 지분이 좀 되었다.

대주주는 아니지만 지분을 1.8%나 가지게 되었다.

1억 9천 8백만 달러로 거의 2억 달러 가까이 되었다.

YouTube는 어도비 플래시 플레이어와 H.263 영상 코덱을 기반으로 하여, 다른 미디어 플레이어와 비교해도 결코 영상 재생 기술이 떨어지지 않는다.

그리고 컴퓨터를 사용할 줄 아는 사람이라면 누구나 쉽게 업로드할 수 있어 전 세계 수백만 명이 동시에 볼 수 있다.

멀리 떨어진 가족에게 안부를 전하거나 피아니스트가 자신의 연주회를 녹화해 올리는 등 YouTube는 많은 용도로 사용되었다.

그리고 이를 통해 천재적인 기타리스트나 피아이스트가 발굴되기도 했다.

원래는 10월에 매각되어야 하지만 조금 빠른 8월에 양해 각서를 교환하였다.

내가 투자한 돈으로 기술이나 서버를 키워 빨라진 듯했지만 정확히 어떻게 된 일인지는 알지 못했다.

그들에게 왜 이렇게 빨리 매각하느냐고 물어볼 수도 없었고, 무슨 생각으로 이러는지 묻는 것은 더 어색했다.

실리콘밸리에 있는 대다수의 IT 기업은 어느 정도 커지면 매각의 절차를 밟게 된다.

빛나는 아이디어 하나만으로는 회사를 계속 이끌어 갈 수 없기 때문이다.

회사가 커지면 운영 자금이 그만큼 많이 든다.

창업자는 지분 매각 방식을 통해 회사 운영 자금을 만들거나, 아예 팔고 다른 회사를 차리는 게 기본이었다.

구글은 대부분 회사를 매입할 때 기존의 경영진과 연구진을 그대로 채용하는 형식을 택한다.

구글은 구글이 추구하는 세계를 만들기 위해 필요한 기업을 닥치는 대로 인수하여 백화점을 차린다.

그러니 기존 경영진과 직원을 그대로 승인하는 것은 너무나 당연한 일이었다.

"이열 씨, 기준 일은 저번처럼 오늘로 하면 되지요?"

"물론입니다."

래리 페이지가 웃으며 묻는다.

이 사람들은 웃으며 이야기하는 것이 하나의 매너라고 생각한다.

그러니 아름다운 여자가 웃으며 말을 걸어온다고 오해하면 안 된다.

생각하는 그런 썸씽은 일어나지 않으니까.

래리 페이지는 내가 복잡한 옵션보다는 차라리 주식을 일찍 받는 것을 선호한다는 사실을 알고 있었다.

그럴 수밖에 없는 것이 투자자의 입장에서는 주식을 양도받는 기준 일이 빠르면 빠를수록 유리하기 때문이다.

구글의 주식은 가파르게 상승하고 있기에 기준 일이 빠를수록 받는 주식 수가 많아졌다.

구글 입장에서도 질질 끌어서 좋을 게 하나도 없다.

원하는 것을 주고 자신들이 유리한 방식으로 내 주식을 묶어놓을 수 있으니 서로 원하는 바를 얻는 셈이었다.

그리고 나는 1년 안에 주식을 처분하기로 구글과 합의했다.

주식을 처분하기 3개월 전에 알려주면 구글이 주식을 매입할지 아니면 장중에 매각할지 정하기로 했다.

구글 주가는 계속 올라가고 있었다.

몇 달 뒤에 오게 될 서브프라임 모기지론 사태를 이들이 알리가 없었던 것이다.

미국에 도착하고 보니 이미 주택 가격이 빠른 속도로 내려가고 있었다.

여기저기서 힘든 소리가 나오고 있었기 때문에 취한 조치였다.

미국의 서브 모기지론 사태로 인해 우리나라도 엄청난 영향을 받았기에 모를 수가 없었다.

나는 일단 올해 말까지 주식을 유지하다가 비중을 점진적으로 줄이기로 했다.

언제 주식을 처분하든 고객들은 신경도 쓰지 않는다.

그리고 과정은 보고도 하지 않는다.

나는 워렌 버핏이 하는 그대로 오직 결과만 보고할 뿐이다.

고객들은 내용을 알면 그때부터 안달을 하기 때문에 보고하지 않는 편이 좋다.

A라는 주식을 샀다고 알리고 그 주식이 내려가기 시작하면 고객들은 회사로 전화하기 시작할 것이다.

그렇게 되면 정상적인 투자를 하는 데 영향을 받는다.

구글에서 나오며 놀라는 현주에게 대략적인 내용을 설명해 줬지만 금액은 말하지 않았다.

"얼마 벌었어?"

"비밀이야. 그러나 당신의 돈이 얼마가 되었다는 것은 말해줄 수 있지."

"쳇, 또 그런다."

"내가 버는 돈의 대부분은 다른 사람들을 위해 쓸 거야. 많아도 사실 쓸데가 그다지 없잖아. 먹고살면 됐지."

"그렇긴 해요. 그래도 궁금하긴 한데."

"알면 그때부터 번민이 생기는 거야. 그러니 모르는 게 나

아. 만약 돈이 필요하면 이야기를 해."

"쳇, 내가 돈 쓸 데가 어디 있다고."

현주를 좋게 본 부모님은 어지간한 것은 알아서 다 사주셨
다.

예쁜 손녀의 재롱을 보며 기뻐하시다 차도 사주고 백도 사
주곤 하셨다.

현주는 사치를 하는 성격이 아니라 별로 돈 들어가는 데도
없었다.

게다가 그녀는 원래 부자였다.

CF 광고를 찍어 번 돈을 꾸준히 나에게 맡겨 지금은 더 부
자가 되었고 말이다.

한 번도 정산을 하지 않아 계속 쌓이고 있었다.

현주와 함께 캘리포니아 거리를 쏘다니다 공원에서 만난
거리의 악사들의 연주를 듣고 분위기 좋은 곳에 가서 커피도
마셨다.

역시 사람의 기분을 좋게 해주는 것은 맛있는 식사다.

프랑스 요리를 먹으며 행복해하는 현주의 모습에 내심 안
심이 되었다.

저녁이 되면 딸아이가 보고 싶다고 칭얼대다가 낮이면 언
제 그랬냐 싶게 활발히 돌아다녔다.

한국으로 돌아오는 비행기 내에서 사이다를 마시는 현주

에게 딸이 걱정되지 않느냐고 물었다.

그러자 그녀가 대답했다.

어머니를 믿는다고.

세상에 하나밖에 없는 손녀를 잘 돌보아 주실 것이라고.

누나의 딸, 은혜를 떠올리며 두 번째 손녀라는 생각을 했지만, 분위기를 깰까 봐 감히 입 밖으로 꺼내지 못했다.

나는 조명이 꺼진 흐릿한 어둠 속에서 창밖을 내다보았다.

곳곳이 구름으로 가득한 하늘뿐이었다.

견우와 직녀가 까치들이 아닌 구름의 도움을 받았다면 매일 만날 수 있었을 것이라는 생각을 할 정도였다.

그러다 잠들어 있는 아내의 고운 얼굴로 눈을 돌렸다.

사랑과 신뢰를 가지고 같이 늙고 싶은데 그 바람을 허무는 것은 대화의 부족이라 생각했다.

현주가 부끄럽다 말하지 않고 마음속으로만 끙끙 앓던 일도 알고 보니 별것 아니었다.

후에 길숙이를 만나 그 이야기를 했더니 웃으며 자기는 정말 반가워서 찾아온 것이라 했다.

물론 결혼을 안 했다면 몰라도, 결혼을 했는데 어떻게 딴생각을 할 수 있겠느냐면서 그다음부터는 발걸음이 뜸해졌다.

그래도 잊을 만하면 찾아오곤 했는데, 그것은 아름답지도 진하지도 않지만 아주 짧은 시간 동안의 추억을 공유했기 때문인지 모른다.

그녀도 애인이 생기거나 결혼을 하면 자연히 발걸음을 끊게 되겠지.

새로운 삶이 펼쳐지면 이전의 추억과 감정도 자연 퇴색하게 마련이니 말이다.

$$* \quad * \quad *$$

한국에 돌아오고 얼마 뒤, 구글에 전화해 올해에 주식을 처분하고 싶다고 말했다.

구글이 자사주 매입을 조금 하고 나머지는 장중에 팔아도 좋다는 말을 들었다.

그리고 담당자로부터 확인 팩스를 받은 후부터 구글과 애플의 주가를 살폈다.

2006년, 올해는 애플 주가가 요동을 쳤다.

나스닥에 있는 주식이지만 실시간 정보를 받아 보고 있었던지라 재빠르게 사고팔기를 해 제법 큰 차익을 실현시켰다.

일단 가지고 있던 구글의 주식을 12월이 되면서 처분했다.

올해 구글 주가는 수직 상승했다.

안드로이드를 매각하며 받은 7천만 달러의 주식은 작년에 이미 1억 2천만 달러가 되었고, 올해 1억 8천만 달러가 되었다.

게다가 2년 전에 개인 돈 300억을 애플 주식과 구글 주식으로 반반씩 매입한 것도 네 배가 되어 600억이 되었다.

연말에 구글 주식을 모두 처분하자 미화 4억 5천만 달러를 조금 넘었다.

그러나 애플의 올해 주식은 등락 폭이 너무 커서 약간만 처분하고 추이를 지켜보기로 했다.

2007년에는 문제의 대작인 아이폰이 처음으로 출시되는 해라 판단하기가 어려웠다.

나는 애플 주식에 가지고 있는 모든 돈을 올인한 상태였다.

작년에 투자한 돈과 올해 초 투자 수수료로 받은 개인 돈 450억이 600억이 되어버려 도합 1,050억이 투입된 상태였고 고객 위탁금 500억이 뒤늦게 들어왔었다.

동원산업의 800억도 모두 애플 주식을 사는 데 썼다.

따라서 올해 내가 산 애플 주식은 2,340억이나 되었다.

애플의 주가는 올해 크게 세 번 출렁거렸고 나는 그것을 모두 따라잡으며 매수 매도를 해 금액이 7,700억으로 늘어났다.

동원산업에서 위탁한 금액은 가차 없이 팔아치웠다.

내 개인 돈도 아니었고 회계 보고를 해야 했기에 그 방법이 나왔다.

1,980억이 회사로 입금되자 회사는 작년보다 더 난리가 났다.

물론 35%에 해당하는 수수료는 여전히 애플 주식으로 가지고 있었다.

이 소식이 전해지자 동원산업의 주가는 다음 날 아침부터 바로 상한가를 치기 시작하여 무려 일주일이나 유지했다.

회사에 출근해서 보니 직원들이 일은 안 하고 삼삼오오 모여 나에 대한 이야기를 하고 있었다.

그들의 관심사는 당연히 성과급이었다.

올해는 작년보다 많이 주지 않을까 좋아하는 모습을 보이고 있었다.

동원산업 자체가 연봉이 적지 않은 회사였는데 성과급마저 빵빵하게 나오니 삼송전자 못지않은 대우를 받고 있었다.

나동태 회장의 호출을 받고 회장실로 갔더니 내게 돈을 맡겼던 임직원들이 모두 모여 있었다.

나동태 회장이 환하게 웃으며 나를 맞았다.

"어서 오게."

"반갑습니다. 그동안 회사에 너무 안 나오셨습니다, 허허허."

모두 나를 보며 인사하기 바빴다. 자리에 앉자 비서가 커피를 내왔다.

'응?'

아메리카노를 본 뒤 비서를 바라보자 그녀가 웃으며 '팀장님이 좋아하셔서 커피 머신을 한 대 들여놓았어요' 한다.

표정을 보니 나 때문에 산 건 맞는 모양인데 제일 애용하는 사람은 박삼순 비서인 듯했다.

"올해도 작년과 비슷한 실적을 내었더군."

"네, 운이 좋았습니다."

"내년도 올해처럼 하면 되겠는가?"

"내년에는 어떻게 될지 모릅니다. 시장 분위기가 좋지 않습니다. 작년 수준에서 배당을 하고 사내 유보금을 약간 쌓아놓을 필요도 있습니다."

"사내 유보금은 걱정하지 말게. 탄자니아의 금광이 작년 생산에 들어가 올해부터 돈이 들어오기 시작하고 있으니."

"뭐, 그렇다면야."

'나야 그렇게 말해주면 고맙지.'

"그리고 작년에 이야기가 나오긴 했지만 김 팀장이 들어오자마자 승진하면 말이 나올 수 있어 발령을 내리지 못했네. 이제는 이사 대우가 아니라 정식 이사네. 직급도 팀장이 아니라 상무로 올렸네."

"아, 네."

한 달에 몇 번 나올까 말까 한 직장에서 상무면 어떻고 팀장이면 어떤가?

수익률이 곤두박질치면 바로 잘릴 텐데 말이다.

그렇게 생각하며 회장실을 나왔다. 그런데 내가 사용할 방이 바뀐 데다 비서까지 있는 게 아닌가?

"어?"

"안녕하세요, 상무님."

"안녕하십니까?"

"박송이 대리입니다."

"어, 저는 회사에 잘 안 나오는데. 이런 미인이 비서로 있으면 조금 더 자주 나올지는 모르지만 할 일이 별로 없을 텐데요."

"잘 알고 있습니다. 그래서 허락받을 일이 있습니다."

"뭔가요?"

"저, 대학원을 다니는데……."

"다니세요."

"네?"

"알다시피 제 보직은 상무지만 할 일이 없지요. 제가 여기 나와서 뭐합니까? 그냥 심심할 때 한 번 나왔다 가는 곳인데요."

"아, 네."

박송이 비서는 엄청 한가한 부서라는 이야기는 들었지만 정말 그럴 줄은 몰랐던 모양이다.

이런저런 이야기를 하다 보니 이 아가씨도 낙하산이다.

지금 다니는 대학원에서 나인촌 사장의 딸을 만나 취직하게 된 것이다.

이런 작은 회사는 실무직이 아니면 이렇게 알음알음 아는 사람을 채용한다.

물론 작은 회사라는 말은 직원이 그만큼 작다는 이야기지, 시가 총액이 구멍가게라는 뜻은 아니다.

정확하게 말하면 400억 원으로 지분을 15%밖에 사지 못한 회사다.

주가가 폭등하여 이제는 주식 매입이 용이하지도 않다.

올해 수익률이 가장 높은 주식은 아이러니하게도 동원산업이었다.

액면 분할을 했어도 유통 주식 수가 많지 않았고 엄청난 호재가 계속 터졌기 때문이다.

그 호재 가운데 나도 속해 있었다.

주주들 사이에는 천재적인 투자가 또는 신의 눈을 가진 투자가로 알려지기 시작했다.

동원산업에 1,980억을 입금하고 난 다음, 개인 고객들을 만나 원금을 포함한 2,815억을 배당해 줘야 했다.

작년 애플과 동원산업에 투자한 900억 원에 대한 수수료를 제한 것이다.

사람들과 약속을 정해 만나고 재계약 여부를 확인한 뒤 돈을 찾으려는 사람들에게는 돌려줬다.

그렇게 한 달 정도를 고객을 만나는 데 소모했다.

애초에 수익금에 대한 내 몫의 수수료가 컸기 때문에 계좌에는 돈이 쌓여만 갔다.

특히 동원산업 위탁금이 컸기 때문에 액수는 더욱 커질 수밖에 없었다.

구글 주식을 판 돈을 합치면 거의 1조였다.

이제 이삼 년만 지나면 과감하게 행동할 수 있는 시기가 올 것이다.

그렇게 느긋하게 생각하며 하루하루를 보내는데, 어떻게 알게 되었는지 기자들의 인터뷰 요청이 물밀 듯이 밀려들기 시작했다.

나는 증권 투자가 운이 좋아서 좀 번 것이 무슨 자랑이 되냐고 반문하면서 정중하게 거절했다.

그러나 △△ 일보 박한성 기자가 커피숍에 와서 인터뷰를 요청하자 난감해졌다.

박한성 기자에게는 신세를 진 적도 있고 해서 거절하기 힘들었다.

아니, 왜 사회부 기자가 경제 분야에 나서냐고 하자 그는 요즘은 그런 것 안 따지고 취재할 수 있는 프리랜서라고 했다.

위의 편집장과 껄끄럽게 지내더니 결국은 회사를 나온 모양이다.

나는 참 난감했다.

커피숍에 사람들이 계속 들어오자 결국 우리는 자리에서 일어나 집필실로 향했다.

그는 자리에 앉으며 나지막하게 중얼거렸다.

"이곳은 정말 낭만적이군."

그의 말처럼 이곳은 햇볕이 잘 들어올 뿐 아니라 커피나무와 작은 나무들이 자리하고 있었고 책장엔 소설책이 빽빽이 꽂혀 있었다.

"박 기자님, 그러지 말고 타협을 하죠."

"그럼 사진 없이 인터뷰하는 것으로?"

정말 집요한 사람이었다.

하지만 넘어갈 내가 아니었다.

"기사를 쓰면 돈을 얼마나 버시죠?"

"뭐, 그거야……."

"작년과 올해의 제 수익률은 수수료를 제하고도 좀 됩니다. 작은 돈이라도 가져오시면 제가 받아주겠습니다."

"그게 무슨 말이죠? 투자 회사가 위탁금을 받아주는 것은 당연한 일 아닙니까?"

"처음에는 그랬지만 지금은 개인의 돈을 받지 않습니다."

나는 슬쩍 지난 이 년 동안의 수익률을 이야기해 줬다. 어느 정도 알고 온 그도 구체적인 숫자를 듣자 놀란 모양이다.

"…생각을 좀 해봐야겠는데요. 우리 마누라에게 통보하기 전에 내 술값을 챙겨 준다면야."

"하하하, 그렇게 하죠."

박한성 기자는 다음 날 1천만 원을 가지고 찾아왔다.

부들부들 떨며 돈을 주는 그의 모습에 나는 웃었다.

보통 사람들이 취하는 일반적인 태도라는 생각에 웃으면 서도 미안했다.

"아니, 기자가 뭔 간이 그리 작습니까?"

"그게… 돈과 관련되면 한없이 작아집니다. 어쩔 수가 없네요."

"하하, 너무 걱정하지 마세요. 투자 금액 날리면 인터뷰라도 하겠습니다."

"뭐, 그렇다면야."

박한성 기자는 1천만 원의 수표를 결국은 넘겨주었다.

"아시다시피 올해 주식 시장이 좋지는 않습니다. 그러나 만약 손해를 보게 되면 제가 물어드릴 터이니 걱정은 하지 마십시오."

올해 주식 시장이 안 좋다는 이야기에 그가 동요하자, 나는 걱정하지 말라며 말을 덧붙였다.

그렇게 귀찮은 기자 하나를 처리했다.

사실 작은 돈이라도 맡으면 내게 도움이 되니 나쁘지 않은

협상이었다. 자본주의하에서 모든 행동은 어쩔 수 없이 돈으로 연결된다.

그가 글을 쓰는 것 역시 사회의 어두운 부분을 빛으로 비추기 위해서도 있지만 보수를 받지 못한다면 아마 하지 않을 것이다.

물론 우리 사회에는 돈으로 평가할 수 없는 무수한 가치들이 많이 있지만 말이다.

기자들을 중심으로 내가 조금씩 알려지기 시작했지만 워낙 인터뷰를 하지 않아 아는 사람은 별로 없었다.

그러나 동원산업을 중심으로 나에 대해 정보가 오가는 모양이었다.

동시에 회사에서의 비중도 점점 늘어나기 시작했다.

주주들도 이전보다 더 많은 배당을 받을 수 있고 직원들도 더 많은 성과급을 받게 되니 인식이 좋아지는 것은 당연했다.

특히 경영진들은 사적으로 자신들의 돈을 맡겼기에 호의적이었다.

그들 대부분 동원산업 지분이 있었는데 주식이 몇 배로 올라 모두 더 큰 부자가 되었다.

2장
가족

하루는 동원산업의 나동태 회장이 커피숍으로 찾아왔다.

나는 그의 돌발적인 방문에 적지 않게 놀랐다.

"어떤 일이십니까?"

"그전에 커피나 한 잔 주세요."

"아, 네."

나는 직원 한 명을 불렀다.

나이 든 중후한 사람이 찾아와서인지 전지나 지배인이 다가왔다.

그녀는 얼마 전까지 장인어른이 내신 커피숍에서 근무를

하다 돌아왔다.

나동태 회장은 카푸치노를 느긋하게 마시며 이야기를 시작했다.

"김 상무님이 전에 하셨던 버크셔 해서웨이와 같은 회사를 만들고 싶다는 말, 아직도 유효합니까?"

"물론이죠."

그가 무슨 의도로 여기까지 왔는지 짐작할 수는 없었지만 가볍지 않은 이야기를 꺼낼 것이라는 사실은 알았다.

"아직 상무님 투자 패턴은 알 수 없지만 이 년 동안의 믿을 수 없는 수익률에는 우리도 감복했습니다. 회사 내재 가치가 불과 2년 만에 6배 이상 증가했습니다. 그러니 우리도 어느 정도 신뢰하지 않을 수 없었습니다. 그래서 상무님께 일정 부분 권한을 드리고자 합니다. 어떻게 생각하십니까?"

"그렇게 되면 저야 좋지만, 제 개인 투자 금액이 적지 않아 가능할지 모르겠습니다."

"그렇겠지요. 그러니까 시간이 지나면서 원하시는 대로 회사를 만드셔도 될 겁니다."

"생각해 보겠습니다."

나동태 회장이 돌아간 뒤 나는 생각에 잠겼다.

동원산업은 매력적인 회사다.

직원이 적고 자원 분야의 노하우가 있었으며, 아직 처분하지 않은 부동산도 많이 남아 있다.

이런 회사가 알려지지 않은 이유는 수익의 구조가 불투명했기 때문이다.

꾸준히 수익을 내고 있지만 세상을 깜짝 놀라게 할 정도의 큰 건수는 터뜨리지 못했다.

나는 이 점을 매우 좋게 생각했다.

그만큼 보수적, 안정적으로 회사를 이끌어 왔다는 말이다.

한참 생각에 골몰하니 머리가 지근거려 왔다.

회사의 주식은 이제 취득하려고 해도 엄두가 나지 않을 정도로 많이 오른 상태였다.

투자 사무실을 그리로 옮겨 내가 얻을 이득에 대해 깊이 생각해 봐야 했다.

거리를 걷다 문득 생각이 나 오랜만에 장인어른이 운영하는 커피숍에 들렀다.

장인어른은 안 계셨지만 몇 개월이나 보지 못했던 직원들을 만나볼 수 있었다.

부지배인으로 근무했던 오윤아 씨가 나를 반갑게 반긴다.

"어머, 사장님 오셨어요?"

조용한 성격의 그녀는 어지간한 일에는 잘 나서지 않지만 일처리 하나만큼은 확실히 하는 사람이었다.

그녀의 옆에 새로 취직한 장지연 씨가 수줍게 미소 지으며 인사를 하고 있었다.

그녀들과 인사를 나누고 주위를 둘러보니, 자리마다 사람들로 가득했다.

나에게는 오윤아 씨가 이곳 지배인으로 근무해 줬으면 하는 바람이 있었다.

전지나 씨는 소연이 때문에 이곳으로 오기 곤란했다.

거리가 좀 멀었기 때문이다.

그에 반해 그녀의 집은 이곳에서 그다지 멀지 않다.

이 가게는 편안한 인테리어와 다양한 서비스로 이미 근처 커피숍을 평정했다.

더욱이 가게세가 나가지 않아 그 어떤 커피숍보다 경쟁력이 있었다.

장인어른을 만나지 못하고 가는 것이 못내 아쉬웠지만 나는 가게를 나와 거리를 걸었다.

많은 사람이 오고가는 모습을 보며 고민을 했다.

머릿속을 지우기 위해 나왔는데 오히려 복잡해진 느낌이었다.

그만큼 나동태 회장의 제안은 매력적이었다.

동원산업을 투자 회사로 전환하면 더 많은 자금을 유치할 수 있을 터였다.

그렇게 조금 걷다가 택시를 타고 집으로 돌아왔다.

집에 오니 그토록 복잡했던 생각이 정리되었다.

딸아이의 얼굴을 보니 아무 생각이 나지 않았던 것이다.

아빠, 하며 달려드는 아이와 큰 눈을 말똥거리는 엘리스를 보자 마음이 즐거워졌다.

가족이란 이런 것이다.

마음으로 이야기하는 것이 가능한, 다정스러움이 가득한.

오늘은 어쩐 일인지 아버지가 일찍 들어오셨다.

"이제 오느냐?"

"예, 아버지. 일찍 오셨네요."

"네 처는 친구 만나러 나갔다. 이리 와서 차나 한잔하자."

"네, 아버지. 어머니는요?"

"오겠지, 뭐. 안에 있으니까."

나는 자리에 앉으려다 주방으로 다가갔다.

어머니에게 인사를 드린 뒤 차를 부탁하고 왔다.

"그래, 하는 일은 잘되니?"

"네, 그런데 동원산업에서 해온 제의가 있어서 고민스러워요."

"뭔데?"

"버크셔 해서웨이처럼 회사를 운영해 보라고 해서요."

"그런데?"

"여러 가지로 걸리는 것이 있어서요."

"인생 별것 없다. 하고 싶은 거 다 하고 살 거라. 손해를 좀 보더라도 네가 기쁘게 할 수 있는 일을 하면서 살면 된다."

"네."

아버지와 이야기를 하다 보니 내가 너무 계산적이었음을 깨달았다.

수익금을 타인을 위해 쓰겠다고 말하면서 예민하게 계산이나 하고 있었다니, 부끄러워졌다.

무한히 계속되는 삶도 아닌데 원하는 것을 하면서 살라는 아버지의 말씀이 가슴에 와 닿았다.

덤으로 사는 인생인데 이렇게 계산적으로 살아서는 안 될 일이었다.

이 층으로 올라가려는데 전화가 왔다.

현주가 사고를 당해 병원에 있다는 말에, 나는 정신없이 차를 몰아 병원에 도착했다.

가슴이 두근거리고 호흡이 끊어질 것 같았다.

엘리베이터를 타는데 정신이 멍멍하다.

병실에 들어서자 환자복을 입고 누워 있는 현주가 보인다.

"아, 오셨어요?"

현주의 매니저 김칠복 씨가 나를 맞이한다.

"어떻게 된 일이에요?"

"가벼운 교통사고를 당했습니다. 친구들과 만나고 나오다

지나가는 차와 부딪쳤는데, 정신을 잃고 쓰러졌습니다. 별일은 아니랍니다."

아니, 별일이 아닌데 정신을 잃고 쓰러진단 말인가?

이해하지 못하는 내 표정을 본 김칠복 매니저가 웃으며 병실 밖으로 데리고 나온다.

"뭐죠?"

"축하드립니다. 임신으로 인한 빈혈이랍니다."

"임신요?"

"네."

나는 안도의 한숨을 내쉬었다.

김칠복 매니저의 말을 들어보니 정말 아무 일도 아니었다.

현주가 자동차에 부딪혀 쓰러진 것은 위험천만한 일이었으나 서행을 하던 자동차라 크게 다치지는 않았다.

차에 부딪혀서 쓰러졌다기보다는 놀라서 쓰러진 것이 더 옳은 표현이었다.

나는 그의 얼굴을 바라보며 고맙다는 인사를 했다.

한동안 다른 회사에서 일을 하던 그를 김승우 대표가 현주를 위해 다시 스카우트해 왔다.

편하고 진중한 성격의 남자였다.

현주와 연애를 할 때도 꽤나 많은 편의를 봐주었다.

그와 함께 자판기 커피를 마시며 이런저런 이야기를 했다.

그리고 현주의 앞일을 생각했다.

겨우 우울증을 벗어났다고 생각했는데 덜컥 임신을 해버렸으니.

유진이도 이제 말을 하고 돌아다니는 정도인데 동생이 태어난다면 그것도 일이었다.

그렇다고 안 낳을 수도 없다.

조심하지 못한 내가 나쁜 놈이다.

그녀는 세 명을 낳을 때까지 피임하지 않겠다고 말했었으니까.

나는 집에 전화를 했다.

현주가 가벼운 접촉 사고로 병원에 있다는 말에 놀라셨다가, 임신 소식에 기뻐하며 당장 오시겠다는 어머니를 내일 오시라고 만류했다.

병실에 들어가 현주의 얼굴을 바라보는데 예쁜 얼굴이 조금 상해 보였다.

생명을 잉태한 몸이라 생각하니 그 핼쑥해진 얼굴이 상장처럼 보였다.

그렇게 한 시간을 기다리니 현주가 깨어났다.

"아, 여보. 왔어요?"

"응."

"걱정했지?"

"응, 심장이 터지는 줄 알았어."

"와, 가끔 아파도 되겠다."

"……."

"그건 아니고, 미안해. 그런데 여보, 들었어?"

"응, 임신 축하해. 이제 겨우 한가해졌는데 당신 또 힘들게
생겼네."

"무슨 말도 안 되는 소리예요, 귀여운 아가를 임신했는데."

"그래, 우리 유진이랑 태어날 아기 잘 키우자."

"응, 그런데 엄마, 아빠 걱정하지 않으실까?"

"전화드렸어, 걱정하지 마."

"응."

새 가족을 맞이할 준비도 제대로 하지 못하고 둘째의 소식
을 듣게 되었다.

병실에서 밤을 보내면서 우리는 미래에 대해 이야기했다.

우리도 이제 다른 부모처럼 평범하게 아이들을 키우다 나
이를 먹어갈 것이다.

병실에 누워 있는 현주의 뺨에 키스하자 그녀가 입술을 내
밀었다.

길고 달콤한 키스를 한 뒤 안고 잠이 들었다.

다음 날 어머니가 오셨다.

큰 사고가 아니었기에 그 뒤 퇴원 수속을 밟았다.

병원에서 처방을 받은 철분 영양제를 약국에서 사고 집으로 향했다.

내가 나동태 회장의 제안에 고민하는 사이에 구글의 주가는 하락하기 시작했다.

그동안 너무 올라 조정을 받는 것도 있고 해서 IT 주가가 일시적으로 내려갔다.

나는 이제 어떻게 해야 할지 결정을 해야 했다.

*   *   *

구글의 주가가 내려가는 듯하다 다시 오르기 시작했다.

이게 뭐지 싶었다.

그리고 곧 나의 기억에 오류가 있었다는 점을 알게 되었다.

서브프라임 사태가 발생했어도 주가가 폭락하기 시작한 것은, 미행 정부가 대처를 잘못해 일이 악화된 후였다.

아직은 그런 사태가 발생하지 않았으니 주가가 움직일 리 없었다.

이런 상황에서 선물을 했다면 아마 엄청나게 당했을 것이다.

어쩐지 선물 투자를 하려는데 기분이 좋지 않아 망설이고 있었다.

그런 생각을 하자 절로 안도의 한숨이 나왔다.

원숭이도 나무에서 떨어진다는 말이 있는데 너무 기억에만 안주해 있었다.

다시 칼을 날카롭게 갈아야 한다.

결국은 가지고 있던 돈 전부로 애플 주식을 샀다.

1월 달 애플 주가는 계속 횡보했기에 늦게 들어가도 문제는 없었다.

스티브 잡스가 아이폰을 1월 9일에 발표했으나 시장의 반응은 미지근하기만 했다.

게걸음을 걷던 주가는 내가 주식을 구입하면서 조금씩 활기를 띠기 시작했다.

구글을 매도한 대금 포함 개인 자산 4억 5천 달러와 동원산업에서 다시 넘어온 1,600억, 기존 위탁자들이 재계약한 2,750억, 그리고 지난 한 달간 새로 유입된 위탁금 350억이 모조리 애플에 투자되었다.

구입하자마자 애플 주가는 5% 오르는 쾌조의 출발을 했다.

이로써 나는 애플 주식을 개인 소유로 1조 원어치 가지게 되었다.

이 말은 애플이 망하면 나도 같이 망하게 된다는 뜻이었다.

돈이 돈을 버는 선순환의 구조가 된 후로는 별다른 노력을 하지 않아도 돈을 벌었지만 돈의 규모가 늘어난 만큼 신경이 더 쓰였다.

남들이 보면 행복한 고민이라고 하겠지만.

물론 돈이 없어 고민하는 것보다야 행복하지만 신경을 너무 쓰다 보니 어떤 때는 머리가 지끈거렸다.

그럴 때마다 마음을 안정시키기 위해 마나 수련을 하곤 했다.

현주는 병원에서 처방해 준 철분 영양제를 먹고 금방 건강해졌다.

마나 수련을 하게 된 이후 그녀는 예전보다 건강해졌지만, 임신을 하면서 여러 방면으로 신경을 쓰자 일시적으로 몸에 무리가 온 것이었다.

그녀는 마법사도 아니고 그렇다고 바디 체인지가 일어난 것도 아니다.

마나 수련을 해서 다른 사람보다 월등하게 건강해졌을 뿐이다.

그러니 무리를 해서는 결코 안 된다.

현주가 병원에서 퇴원한 지 일주일이 지난 후, 새벽에 엘리스를 데리고 나와 운동을 시켰다.

아주 가벼운 입마개를 씌우고 운동장에서 뛰어놀게 하였다.

그편이 내가 목줄을 잡고 뛰는 것보다 나을 듯했다.

처음에는 입마개를 완강히 거부했지만, 거듭된 훈련과 잔소리에 엘리스는 결국 굴복하고 말았다.

한참 후 전지나 지배인과 소연이가도 나와 운동을 했다.

멍.

멍멍.

엘리스와 베티가 서로 짖었다.

엘리스가 바로 꼬리를 내리더니 운동장을 돌아다녔다.

"어, 엘리스는 안 묶어도 돼요?"

"응, 입마개를 했으니까."

"나도 그렇게 해야겠다. 베티, 너도 입마개 사줄게."

멍.

베티는 자신의 주인인 소연이에게 꼬리를 흔들었다.

소연이가 어려도 한참 언니이니 베티는 언제나 꼼짝을 못한다.

특히 나미에게 한 번 제대로 당한 후에는 더욱 그러했다.

베티는 나미에게 엄청 맞았지만 그렇다고 나미를 싫어하지는 않았다.

나미가 원래 성격이 화끈한 아이여서 한번 엇나갈 때는 대책이 없지만 평상시는 무척이나 사람들에게 잘해준다.

그런 성격이니 베티도 나미에게 맛있는 것을 엄청 많이 얻어먹었다.

줄에 묶여 있는 베티를 보며 마음이 안 좋은지 소연이가 입마개를 사달라고 엄마를 조른다.

베티도 얼마 전에 애견 학교에 갔다 왔다.

베티는 귀족적인 외모를 가졌지만 대형견이라 훈련이 필요했다.

엘리스는 아직 다 자라지 않아 키가 큰 편이지만 외모가 귀여웠다.

사람들은 입마개를 한 강아지가 운동장을 뛰어다니며 귀엽게 굴자 그 모습을 보며 즐거워했다.

새벽 운동에 나오는 사람들은 대부분 연세가 있는 어른이 많아 엘리스는 귀여움을 받았다.

그래서인지 더욱 신나 운동장을 뛰어다녔다.

소연이는 초등학교 2학년이 되어 아침에 등교를 하느라 바쁘지만 베티를 운동시키려고 빠지지 않고 엄마를 따라 나왔다.

그것을 아는지 베티도 이전보다 소연이를 더 따랐다.

개들도 사람의 말을 알아듣는다.

대학 시절 학과 MT를 갔을 때, 민박집에 아주 커다란 개가 있었다.

베티보다 더 큰 개였다.

학과 동기 중 한 명이 '허, 그놈 실하네.

여름에 된장 바르면 좋겠네'라고 했더니 그 개가 마루 밑으로 도망을 갔다.

그 후 MT가 끝나 돌아갈 때까지 우리들 가까이 다가오지 않았었다.

인간은 간혹 다른 동물들의 지능을 무시하는 경향이 있는데, 인간이 모르는 그들의 세계가 따로 존재한다.

인간 사회에 편입된 베티와 엘리스는 인간 사회를 이해하지 않으면 안 된다.

그러기 위해서는 끊임없이 훈련을 해야 한다.

저 어린 소연이가 학교에서 몇 시간이나 되는 수업을 받듯이 말이다.

행복은 서로의 세계를 존중해 줄 때 가능하다.

개도 사람도 그 사실에는 변함이 없다.

소연이가 베티를 운동시키는 사이, 나는 전지나 지배인과 이야기를 했다.

이렇게 아침에 이야기를 하게 된 지는 좀 되었는데, 내가 바빠 커피숍에 나가지 못하는 일이 많아지자 생긴 현상이었다.

나는 갑자기 소연이의 아빠가 궁금해졌다.

"소연이 아빠의 병세는 차도가 없으신가요?"

"조금 나아지긴 했지만 여전해요."

남편 이야기를 할 때 그녀의 얼굴에는 그늘이 졌다.

그럴 수밖에 없을 것이다.

소연이를 알게 된 지 벌써 4년이나 지났는데 여전하니 말이다.

병문안을 한번 해야 할 것 같은 마음은 예전부터 있었다.

마침 오늘 별다른 일이 없으니 소연이 학교가 끝나는 대로 같이 가보면 좋을 듯했다.

운동을 마치고 나오는데 사람들이 출근하기 시작한다.

세상은 바쁜 하루를 시작했지만 팔자 좋은 나는 집에 가 커피나 한 잔 마시고 누워 잘 예정이었다.

어제 미국 증시를 지켜보느라 잠을 설쳤기 때문이다.

당분간은 이렇게 지내야 할 것 같았다.

서브프라임 사태가 터지고 확실한 방향이 잡힐 때까지는 자료 수집을 등한시해서는 안 되었다.

오후에 커피숍에 들러 소연이를 데리고 병원으로 가기로 했다.

미안해서 어쩔 줄 모르는 전지나 지배인의 모습을 뒤로 하며 소연이의 손을 잡고 나와 병원으로 차를 몰았다.

"오빠, 이제 아저씨지?"

"예전부터 아저씨였단다."

"그런데 왜 그렇게 젊어요?"

"그래서 불만이야?"

"아니, 그건 아니고 이제 오빠도 아빠가 되었잖아. 그런데 언제까지 오빠라고 불러야 해요?"

"글쎄다, 네가 내키는 대로 부르렴. 네가 나를 아저씨라고 불러도 나는 전혀 달라지지 않는단다. 나는 나거든. 호칭에 따라 색이 변하는 카멜레온이 아니니 마음 놓아도 된단다."

"흐음."

어린 소연이는 가끔 이제 뭔가 아는 것처럼 행동한다.

이 꼬맹이는 무엇을 생각할까?

"근데 왜 우리 아빠를 만나러 가는 거예요?"

"원래 친한 사람이 아프면 문병을 가는 거야. 나는 소연이하고 친하다고 생각해서 소연이 아빠를 보러 가는 것인데, 소연이는 나를 그렇게 생각 안 하나 보지?"

"피이, 그건 아니야. 내가 얼마나 오빠를 좋아하는데."

나는 잠시 말없이 정면을 주시했다.

신호등이 빨간색에서 파란색으로 변하자 액셀러레이터를 밟았다.

차는 나의 발이 누르는 힘만큼 소리 없이 앞으로 나아갔다.

어떻게 할 것인가 생각을 해도 별 묘안이 없었다.

일단 담당 의사를 만나 봐야겠지만 바쁜 의사를 만나기도 쉽지 않고.

그러다 보라매 병원에 친구들이 몇 명 있다는 사실이 기억났다.

　이참에 도움을 받아 봐야겠다.

　"오빠, 다 왔어요."

　"그래."

　나는 주차를 한 뒤 소연이의 손을 잡고 병실로 갔다.

　소연이가 아빠, 하며 병실 안으로 달려간다.

　나는 잠들어 있다 깨어나 자신의 딸을 바라보는 남자에게 시선을 주었다.

　남자의 눈은 맑고 선해 보였다.

　진하고 긴 눈썹과 얼굴형으로 보아 병이 들기 전에는 상당한 미남이었으리라 추정되었다.

　나는 그에게 다가가 인사했다.

　"처음 뵙겠습니다, 김이열이라고 합니다."

　"……?"

　"아빠, 커피숍 사장 오빠예요."

　"아아, 딸에게 이야기 많이 들었습니다."

　"그동안 바빠서 찾아뵙지 못했습니다. 소연이가 아빠를 보고 싶어 하는 것 같아서 이참에 따라왔습니다."

　남자는 나의 말을 듣고 미소를 지었다.

　딸을 사랑하는 아빠의 마음이 느껴지는 눈이다.

그의 모습을 보자 소연이가 왜 이렇게 밝고 명랑한지 알 수 있었다.

남자는 자신의 병에도 절망하지 않았다.

사랑하는 가족을 남겨 두고 죽을 수 없다는 듯이 그의 눈은 의지로 빛났다.

아빠와 이야기하는 소연이를 보다, 이 병원에 근무하는 친구 남한성에게 전화를 걸었다.

—어, 이열이구나. 웬일이야?

"나 병원인데."

—그래? 이리로 와라. 내가 좀 바쁘다.

"알았어."

고등학교 동창인 그는 매우 명랑한 성격이었다.

의사를 할 성격은 아니라고 생각했는데 이런 것을 보면 인생은 정말 예측하기 힘들다.

나는 그가 여행가나 예술 계통으로 나갈 것이라 생각했었다.

그가 근무하는 외과 병동으로 가니 환자들이 무척 많이 대기하고 있었다.

내가 문 앞에서 머뭇거리자 간호사가 다가와 '김이열 선생님이시죠?' 한다.

선생은 아니지만 이름은 맞기에 그렇다고 대답했다.

"아, 네."

"잠시만 기다려 주세요. 선생님께서 곧 나오실 거예요."

간호사가 돌아가고 잠시 후 친구 남한성이 의사 가운을 입고 나왔다.

흰칠한 키에 스마트한 마스크는 여전했지만 이전보다 무척이나 뚱뚱해졌다.

"아, 이열이 어서 와. 오늘 유난히 환자가 많아서 시간을 못 내는데 어쩐 일로 왔어?"

"내가 아는 분이 장기 입원하셔 가지고."

"네가? 누군데?"

"5A 병동의 전태인 환자야. 우리 커피숍 지배인님의 남편이시지."

"응?"

"그냥 아무 사이도 아냐. 그분 딸하고 같이 왔어. 그 환자 아내분이 내 대신 모든 일을 처리하시거든. 온다, 온다 하고 못 오다가 오늘 새벽 운동장에서 만난 김에 생각나서 왔어."

"그래? 이상한 사이는 아니지?"

"나보다 나이 많으셔. 그리고 현주가 의외로 예민하고 질투가 있는 편이라 마음으로도 그런 생각은 못 해."

"하긴, 대한민국 최고의 미녀랑 사는 놈이 헛짓 하겠냐만 조심해라. 우리 병원 의사 하나가 바람을 피우다 걸렸는데,

그 부인이 한 성질 하는 여자인지 병원에 와서 한바탕 난리를 치고 갔다. 지금 그 선생 우리랑 눈도 제대로 못 마주쳐. 땅만 보고 다니더라. 엄청 불쌍하더군, ×발."

"의사가 욕을 하면 어떻게 해?"

"아무도 안 들으면 되지 뭐. 의사는 사람 아니냐?"

"네 말이 맞다."

우리는 아무도 없는 치료실에서 이야기를 하고 있었다.

치료실은 진찰실 옆에 있는데, 두 개 중 하나가 마침 비어 있었다.

그는 나직하게 한숨을 내쉬면서 말했다.

"의사 일도 엄청 노가다야. 그나마 아무나 못하는 노가다라 대우받고 있을 뿐이지. 의사들이 술 엄청 마시는 거 알지? 힘들어서 그러는 거야. 어, 그러고 보니 오늘 저녁에 한잔 어때? 어쨌든 어디 가서 아픈 시늉도 못 해. 그리고 몇 시간 내내 서서 수술해도 의료 수가가 지랄 같아서 다른 검사로 환자 등골을 빼 먹잖냐. 그제 6시간 시술했는데 수술 행위는 70만 원 나왔더라. 젠장, 거기 투입된 의사가 2명에 간호사가 3명이었어. 미국이었으면 한 2천은 족히 나왔을 거다."

그는 별생각 없이 부모님이 시키는 대로 의대에 가서인지 의사에 대한 자부심이 그다지 높지 않은 편에 속했다.

손재주가 좋아 성형외과로 가려다 지도 교수에게 잡혀 외과에 남은 케이스였다.

연봉도 꽤 되고 실력도 있어 근무 1년 만에 환자가 줄을 섰다.

"5A 환자면 나도 알 것 같은데, 잠시만 기다려 봐."

간호사에게 전화를 한 남한성은 치료실의 컴퓨터 화면에서 전태인 환자의 차트를 넘겨받아 살피기 시작했다.

"골치 아픈 환자구만."

남한성이 차트를 살피다 입을 열었다.

"그게 무슨 소리야?"

"루게릭병 환자인데 중세가 좀 심해. 게다가 흡인성 폐렴과 호흡 곤란이 자주 일어나서 입원해 있는 환자야. 잘못하면 기도가 막혀 죽을 수도 있고. 흠, 최근에는 폐렴과 호흡 곤란은 일어나지 않았었네."

최근에 환자의 상태가 좋아졌다는 전지나 씨의 말이 이것을 가리켰음을 알았다.

그는 지나가면서 말했다.

"흠, 6인실에 있는데 1년 중 반을 그가 쓰니 병원도 난처한 모양이더군."

더 이상 듣지 않아도 그가 말하고자 하는 것이 무엇인지 알아차렸다.

처음 병원에 입원하면 거의 1인실이나 2인실밖에 없어 환자들의 불만을 사게 된다.

원래 보험 수가에 맞춰 병동을 짓다 보니 장사가 되는 1인실이나 2인실을 많이 만들 수밖에 없다.

나는 남한성과 헤어진 후 병원 원무과에 들려 그동안의 상황을 들었다.

병원비는 밀리지 않았지만 이래저래 병원에서 요구하는 검사를 제대로 받지 못한 모양이었다.

나는 그를 조금 조용한 2인실로 옮기도록 하고 내 개인 계좌로 청구하라고 했다.

오지랖이 넓다고 욕할지도 모르겠지만 이제 전지나 씨나 소연이는 한 식구나 마찬가지였다.

돈도 많은 내가 이 정도 못 해줄 게 뭐냐 하는 생각이 들었다.

그 뒤 병실로 돌아와 화장실에 가는 소연이를 보고는, 전태인 씨에게 급히 슬립 마법을 걸었다.

그리고 포션을 먹였다.

얼굴의 혈색이 좋아지는 것을 보니 효과가 아주 없지는 않은 모양이었다.

아빠가 잠들었다는 말에 '또요?' 하며 따라나서는 소연이와 함께 커피숍으로 돌아왔다.

소연이는 자기 방으로 들어가 베티와 만나고, 나는 전지나

지배인을 불러 오늘 있었던 일을 이야기했다.

나의 말에 당황해 어쩔 줄 모르는 전지나 지배인에게, 아예 이참에 직원들 가족이 병원에 입원하면 일정 범위 내에서 지원을 해주도록 했다.

커피숍은 여전히 잘되고 있었기에 내 통장에 쌓인 돈을 보여주며 알아서 하라고 했다.

직원들의 월급이 많이 올랐다고 해서 복지를 챙겨 주지 않아도 되는 것은 아니었다.

나동태 회장이 다녀간 후 많은 시간을 고민했다.

그의 제안은 미묘했다.

그는 일선에서 물러날 것처럼 이야기했지만, 여전히 한 발을 걸치는 느낌이었다.

그럴 수밖에 없겠지.

언제 나를 봤다고 회사를 통째로 넘겨준다는 말인가?

그리고 나 역시 당장 결정할 사안이 아니었다.

일이라는 게 마음먹는다고 쉽게 진행되지 않았다.

드디어 미국에서 '뉴 센추리 파이낸셜'이 파산 신청을 하였다.

전 세계를 강타한 서브프라임 사태가 발생한 것이다.

비우량 고객에게 돈을 대출해 주었으나 집값이 작년 6월부터 엄청난 속도로 떨어졌기 때문이다.

서브프라임 모기지 회사들은 집값의 100%를 대출해 줬다.

집값이 폭락했으니 집을 팔아도 빚을 갚을 수 없게 된 대출자들이 파산 신청을 하며 문제가 불거졌다.

서브프라임 사태가 발생했어도 주가의 흐름은 견고했다.

장중에는 출렁거렸지만 막판에는 내렸던 주가가 대부분 회복하였다.

사람들은 이 사건의 심각성을 모르고 있었다.

그냥 은행 하나가 망했나 보다 정도로 느끼는 모양이었다.

그러나 여전히 선물은 아니라고 내 감각이 말하고 있었다.

그래서 망설이다가 포기하곤 했다.

그러길 얼마나 잘했는지, 곧 구글과 애플의 주가가 가파른 상승을 하기 시작했다.

게다가 얼마 전에 흑자로 전환한 아마존의 주가는 무척이나 매력적인 그래프를 그리고 있었기에 새롭게 들어오는 위탁금으로 아마존의 주식을 사기 시작했다.

3장

정의를 세우는 일

별로 하는 일도 없이 시간은 자꾸만 흘러갔다.

나는 바짝 긴장한 채 미국에서 들려오는 소식에 귀를 기울였다.

내가 매입한 주식들이 견고하게 오르자 오히려 수익률이 떨어지는 기현상이 벌어졌다.

주가가 요동을 쳐야 그 틈을 이용하여 단기적인 수익을 거둘 텐데 내려가지는 않고 올라만 가니 어쩔 도리가 없었다.

무섭게 올라가는 장은 그냥 가만히 있는 것이 최고였다.

이렇게 주식 시장은 모두를 행복하게 만들어줬지만 다가

올 폭락을 예상하는 사람은 별로 없었다.

아무리 생각해도 사람들은 미쳤다.

돈에 눈이 멀고 귀가 멀었다.

서브프라임 사태는 결코 이런 가벼운 일로 받아들여져서는 안 되었다.

단순히 뉴 센추리 파이낸셜 회사 하나가 파산한 것이 아니라 구조적으로 더 많은 기업이 연쇄적인 파산을 할 것이 명확했기 때문이다.

그러나 탐욕에 물든 사람들은 자세히 알아보지 않고 단순히 미국 정부가 알아서 하리라 생각했다.

똥 싼 놈은 따로 있는데 엄한 놈에게 치우라는 꼴이었다.

이전의 삶에서 주식에는 그다지 관심이 없었기에 누구나 알고 있는 애플과 같은 주식의 향방만 알았다.

그러니 이렇게 전 세계를 강타한 초대형 사건의 결과를 확실히 모르면서 애만 태우는 것이다.

차라리 아예 모르고 있었다면 마음이라도 편할 터였다.

분명히 엄청나게 폭락하는 시기는 오는데 그때가 언제인지 모른다는 것이다.

골똘히 생각해 보면 사태가 터지고 상당한 시기가 지난 후 폭락했던 것 같았다.

그 사건으로 땅속에 숨겨진 고구마 줄기처럼 수많은 월스트리트의 비리와 탐욕이 딸려 나올 줄은 아무도 모르고 있었다.

내가 이 모양 이 꼴이니 현주는 아이를 가졌다고 투정도 제대로 부리지 못했다.

그만큼 나에게 올해는 매우 중요한 해였고 항상 긴장해 있었다.

투자에 성공한다면 하늘을 날 수 있는 날개를 가지고 그렇지 못한다면 수많은 돈을 날리고 처음부터 다시 시작해야 한다.

2007년에 들어오며 나의 생활은 엉망으로 변했지만, 그럼에도 불구하고 시민 단체들이 하는 일에는 항상 관심을 가졌다.

그들이 성공한다면 우리 사회는 조금 더 나아질 것이기 때문이다.

한 번의 실패 후 정의와 법 연구소, 그리고 시민 단체들은 새로운 형태의 연대를 시작했다.

시민 단체가 가지는 단점, 이상은 높지만 그것을 이루려는 행동은 강하지 못했다.

고상하고 순수한 의도를 가지고 일을 시작하지만, 구체적으로 자신들의 이익과 직결되어 있는 일이 아니니 막말로 목숨 걸고 하는 사람이 별로 없었다.

그래서 혁명도 변화도 어려웠다. 하지만 이번에는 달랐다. 그들은 이를 악물었다.

우리 사회의 정의를 세우는 일은 생각처럼 쉽지 않다.

그것은 우리가 살아가는 사회가 이익이 상충하는 사람들이 함께 살아가는 곳이기 때문이다.

오늘은 오랜만에 시민 단체들이 연합한 곳에 참가하여 사람들을 만났다.

반갑기도 하고 처음 보는 사람들로 인해 서먹하기도 했다.

정의와 법 연구소의 남도일 총무가 새로 참여하게 된 시민 단체장들을 소개시켜 주었다.

나야 속한 단체는 없지만 매년 이들에게 기부하는 액수가 많고 적극적인 지지자여서 참관인 자격으로 오늘 모임에 참가하게 된 것이다.

한 번 법 제정에 실패한 시민 단체들은 이전보다 더 탄탄한 연대를 하기 시작했다.

미미한 대기업의 지원에 비해 법안이 통과되면 상대적으로 유리해질 중소기업은 좋지 않은 형편에도 엄청난 지지와 지원을 보내 이번 연대에 힘과 용기를 주었다.

게다가 강하게 반대하던 국회의원들과 대기업 총수들의 사생활이 인터넷에 폭로되는 바람에 다들 몸을 사린 것도 이들에게 힘이 되었다.

참여 연대 이후 가장 강력하고 많은 단체들이 모여 만든 '우리 사회 정의를 위한 연대(가칭)'는 이미 매스컴을 통해 사회적 이슈가 되었다.

이들은 대기업의 반대를 원천적으로 막기 위해 중소기업의 피해 사례를 조사하기 시작했다.

그리고 가장 반대를 많이 하는 대기업의 비리를 사회에 폭로했다.

이전과는 다르게 전투적인 모양이 행동을 통해 나타난 것이다.

나는 이런저런 생각을 하다 막바지에 도달한 회의를 지켜보았다.

"그럼 사정연(약칭)의 사무총장은 정의와 법 연구소의 남도일 변호사님이 해주시고 이에 필요한 간사들은 각 시민 단체에서 추천을 받아 파견 근무하는 것으로 하겠습니다. 이제 본격적으로 싸웁시다. 우리 사회의 정의를 위하여."

사람들의 눈에서 독기가 흘러나왔다.

상당히 많은 시민 단체가 발의한 입법 청원이 어이없이 부결되자 사람들은 분노했다.

이들은 이전처럼 외롭지도, 가난하지도 않았다.

나를 필두로 상당한 기부금들이 총알로 지원되고 있으니 거칠 것이 없었다.

사회를 맡은 녹색 사랑의 이찬영 총무가 말을 마치자 각자 한마디씩 했다.

그리고 남도일 변호사가 마무리 인사를 했다.

"사정연은 임시적인 기구입니다. 이번 징벌적 보상 제도를 통과시키기 위한 한시적 모임이지만 사회 변화를 위해서 계속적으로 힘을 뭉칠 필요성을 느꼈습니다. 우리 사회의 구조적인 악이 그만큼 크고, 또 그것을 이용하는 세력도 많다는 사실을 뜻하니까요. 우리는 부자들을 거부하는 것이 아닙니다. 단지 공정한 경쟁을 저해하는 깡패 같은 기업들을 걸러내겠다는 겁니다. 최선을 다해 싸웁시다."

남도일 변호사가 오른손을 어깨 위로 높이 치켜세우자 박수가 터져 나왔다.

그리고 그를 격려하는 말들이 잇따랐다.

"브라보, 사정연."

"우리 사회 정의를 위하여!"

모임을 마치고 회의실을 나오는데 남도일 총무가 잠시 이야기를 하자며 나를 잡았다.

그를 따라 방으로 가니 몇몇 사람이 이미 와 있었다.

회의실에서는 나 외에도 몇 명의 일반 참관자가 있었지만 방 안에는 시민 단체 사람밖에 없었다.

'뭐지?

나만 따로 이곳으로 부른 이유를 알 수 없었다.

잠시 그들과 인사를 한 뒤 이야기가 시작됐다.

"여기 김이열 선생은 오래전부터 정의와 법 연구소를 지원해 줬을 뿐 아니라 여러 가지 충고도 해주셨죠. 잠시 같이 이야기를 나눴으면 합니다. 이번에 우리가 다시 입법 청원을 하게 되면 전과는 다르게 법안을 올려야 합니다, 아시지요?"

이미 나에 대한 이야기가 있었는지 아무도 반대하는 사람은 없었다.

별수 없이 그 자리에서 시민 단체 간부들이 하는 이야기를 들었다.

"그야 그렇죠. 하지만 저번 같은 일을 당하지 않기 위해서는 본때를 보여줘야 한다고 생각합니다. 그렇지 않으면 우리 일에 또 훼방을 놓을 것입니다."

"맞습니다, 본때를 보여줘야 합니다. 구체적으로 어떻게 해야 될지도 의논해야 합니다."

"어떻습니까, 김이열 선생의 의견은."

"저도 그 의견에는 동의합니다. 하지만 시민 단체가 너무 전투적으로 나가면 여론에 불리할 수도 있습니다. 차라리 아군을 더 많이 확보하는 편이 낫습니다. 적이 강해도 아군이 더 강하면 아무 문제가 되지 않습니다. 그러니 아군이 될 사람들에게 명분과 명예를 줄 수 있는 자리를 마련해야 합니다."

"옳은 말입니다."

사람들은 내 말에 고개를 끄덕였다.

상대의 부정적인 이미지를 만드는 공격은 양측에게 상처를 입힌다.

그리고 이것은 시민 단체가 하는 일련의 행동들이 가지는 순수성을 훼손함은 물론, 국민들에게 의심의 여지를 줄지도 모른다.

법을 만들기 위해 국민들을 설득하려면 당연히 대의명분을 획득해야 하고, 그것을 추진하는 과정도 깨끗해야 한다.

사람들은 자신들의 이익과 관계없는 일에 숨겨진 진실을 애써서 보려 하지 않기 때문이다.

그러므로 겉으로 드러난 일도 매우 중요하다.

시민 단체의 가장 큰 문제는 전략과 전술의 부재에 있다.

운동권 출신이 시민운동에 참여하면서 이런 문제를 많이 해소했지만 여전히 주먹구구식 일처리가 많았다.

저번 싸움에서 진 이유도 전략의 실패 때문이었다.

그리고 이들은 사람들을 설득하는 기술을 배워야 한다.

국회의원들을 설득하고 내 편으로 만들어야 한다.

아무리 그들이 싫어도 법을 만드는 사람들은 국회의원이다.

나는 이들과 대화하며 우리 사회의 일그러진 모습을 더 많이 알게 됐다.

알지 못했던 정보들이 시간이 지나며 눈처럼 불어나, 어느덧 이들 못지않은 지식을 가지게 되었다.

아는 만큼 보인다고 한다.

전혀 관심 없던 사실들이 이제는 중요한 의미로 다가와 나를 분노하게도, 환호하게도 만들었다.

이것은 내가 사회의 현상에 대해 더 깊은 관심을 가지게 되었다는 뜻이었다.

모임을 끝내고 돌아오는 길에 잠시 올림픽대로를 탔다.

여름의 햇살이 눈부시게 빛나는데 차가 이상했다.

라디오에서 이상한 소리가 났다.

처음에는 작은 소리였는데 시간이 지날수록 커져 갔다.

차체마저 흔들렸다.

시속 100㎞로 달리고 있어 차선을 갑자기 변경하기가 쉽지 않았다.

비상등을 켜고 차선을 이동하여 갓길에 세웠다.

차에서 내려 보니 역시나 뒷바퀴가 찢어져 있었다.

급하게 트렁크를 열어놓고 삼각대를 세우자 차들이 비켜 갔다.

차의 뒷바퀴는 완전히 파손된 상태였다.

펑크가 난 상태에서 고속 주행을 해 손상이 더 심해진 것 같았다.

고속도로의 아스팔트 갓길에서 후끈한 여름 열기가 올라왔다.

보험 회사에 전화를 한 30분 뒤 견인차가 도착하였고, 스페어타이어로 교체한 후에 다시 차를 몰아 집으로 돌아올 수 있었다.

*　　*　　*

집에 들어와 쉬려는데 오늘따라 현주의 잔소리가 심했다.

나는 그 잔소리를 피해 집을 나와 거리를 걸으며 바람을 쐬었다.

한여름의 눅눅하고 탁한 열기가 피부를 에워싸며 불쾌감을 만들어 내었다.

하지만 오늘따라 에어컨 바람이 유난히 싫었다.

임신한 아내와 딸아이를 생각하여 에어컨을 끄지 못하고 집을 나온 것이다.

술이 마음으로 당기는 밤이었다.

편의점에서 물을 사 가지고 나오며 차라리 조용한 술집에 들어가고 싶다는 생각이 들었다.

편의점에서 세 번째 건물을 지나 모퉁이를 돌 때 바람을 타고 여자의 날카로운 비명이 들렸다.

'뭐지?'

귀를 쫑긋하며 마나를 집중하자 누군가 맞고 있는 소리가 들려왔다.

나는 소리가 나는 곳으로 달려갔다.

마나가 발에 모이자 엄청난 속도로 문제의 장소에 도착할 수 있었다.

도착해 보니 여자 하나가 땅에 주저앉아 울고 있었고, 그 여자의 애인으로 보이는 남자가 두 명의 괴한에게 맞고 있었다.

두 명 다 기골이 장대하고 사나워 보였다.

여자는 거대한 덩치의 두 남자를 감히 말릴 생각도 못하고 두 손으로 얼굴을 감싸며 울고만 있었다.

몸을 웅크린 채 일방적으로 맞고 있는 남자는 입술이 찢어졌는지 피를 흘리고 있었다.

괴한들은 교묘하게 치명적인 부위는 건드리지 않고 아픈 부분만 노려 패고 있었다.

남자는 이미 거의 실신 직전까지 간 상태였다.

나는 저대로 더 두면 안 될 것 같아 그들에게 다가갔다.

"거, 때릴 만큼 때린 거 같으니 그만합시다."

"뭐야?"

남자 하나가 신경질적으로 고개를 돌리며 나를 노려보았다. 그러나 하나도 무섭지 않았다.

　"죽일 생각이오? 아니면 병신이라도 만들겠다는 거요?"

　"그건 우리가 알아서 할 일이다. 그냥 가던 길이나 가라."

　"남자를 일방적으로 패는 두 명의 괴한을 보면 당신들은 어떤 생각이 들까요? 아무 이유 없이 때리진 않겠지만 당신들이 하는 일은 엄연히 범죄입니다."

　"뭐야, 이 새끼는?"

　"조져 버려!"

　싸움을 말리는 사람에게 무작정 폭력을 행사하려는 이 사람들은 아무리 잘 봐줘도 좋은 사람일 수 없다.

　그렇지 않아도 마누라에게 잔소리를 잔뜩 들어 기분이 좋지 않은데 이것들은 뭔가 하는 생각이 들었다.

　한동안 집에 있어 미처 스파이 캠코더를 충전하지 못했다.

　그래서 핸드폰으로 동영상을 잠깐 찍은 다음 나섰다.

　도착해서 상황을 이해하는 사이 찍은 것이라 얼마 되지는 않았다.

　남자의 커다란 주먹이 바람을 스치며 얼굴로 날아왔다.

　나는 살짝 그리스 마법을 펼쳤다.

　남자의 몸이 바닥으로 기울자 어깨 위를 손으로 슬쩍 밀었다.

남자는 아이쿠, 하는 소리와 함께 넘어졌다.

"이 새끼, 죽고 싶은가 보구나."

또 다른 남자가 달려들었다.

나는 강화된 육체의 힘을 이용해 그의 팔을 잡아 던졌다.

남자의 몸이 기우뚱하며 반대편 벽에 부딪혔다.

상당한 충격을 받았을 텐데도 남자들은 금방 일어났다.

'어라?'

나는 그들의 재빠른 행동에 놀랐다. 아마추어가 아닌 것 같았다.

'그렇다면 본격적으로 놀아주마. 나도 아프고 상처는 잘 남지 않는 곳만 패주마.'

나는 본격적으로 마법을 사용해 공격을 막으며 그들을 쉽게 제압했다.

"악."

"컥, 아이쿠."

바닥에 쓰러진 남자 두 명은 나의 발길질에 연신 비명을 질러댔다.

이렇게 짜증 나는 저녁을 보내고 있는데 여자가 남자를 부축하더니 아무 말도 없이 사라지려고 했다.

이럴 줄 알았다.

적어도 고맙다는 말 한마디는 하고 가야 하는 것 아닌가?

"거기, 아가씨. 스톱!"

"네에?"

여자는 나의 말에 화들짝 놀라 가던 길을 멈추었다.

"어디 갑니까?"

"아, 죄송해요. 태인 씨가 병원에 가야 할 것 같아서요. 도망가려던 것은 아니었어요."

아무 말도 없이 가는 것이 도망이 아니면 뭐란 말인가?

"가시면 안 됩니다. 증인을 서야죠. 당신 애인? 맞나요?"

"네에……."

"기초적인 진술과 연락처는 주고 가야죠. 그리고 저놈들 프로라 어디 부러지거나 하지는 않았을 테니 잠시 기다리세요."

"아, 네."

여자는 미안한 듯 머뭇거리다 다시 돌아왔다.

그래, 이 정도만 되도 다행이다.

오히려 왜 도와줬냐며 막장 짓을 하는 사람도 있다는데, 뭐 이 정도는.

그래도 조금 패씸하기는 했다.

"일단 아가씨와 남자친구는 경찰 진술이 필요합니다. 나야 사람 죽을까 봐 끼어들었지만 당사자가 아니죠. 그러니 신분증을 보여주시기 바랍니다."

"네?"

"자동차도 접촉 사고가 나면 서로 신원 확인을 하고 보험회사에 연락하지 않습니까? 경찰이 올 때까지 무슨 일이 생길지 모르니 일단 신분증을 주십시오. 도와줬는데 아무 말도 없이 가려던 아가씨를 제가 어떻게 믿을 수 있겠습니까?"

나의 말에 여자가 얼굴을 붉히며 어쩔 줄 몰라 했다.

그러면서도 간신히 서 있는 남자에게 '자기야, 괜찮아?' 라고 묻는 모습을 보니 마음이 약해졌다.

여자는 남자가 어느 정도 몸을 추스를 수 있게 되자 지갑에서 학생증을 꺼내 줬다.

나는 그것과 전화번호를 받았다.

여자의 이름은 한지혜였다.

"경찰에 신고하고 119를 부르도록 하지요. 그 몸으로 병원까지 걸어가기보다 그편이 빠를 겁니다. 몸에 큰 이상은 없어 보이지만 그래도 모르는 일이니 더 안전하구요."

119에 전화를 걸어 출동을 요청한 뒤 경찰에 신고했다.

한지혜 씨의 애인을 일방적으로 구타한 괴한 두 명이 다시 몸을 일으키려고 하기에 마나가 실린 주먹으로 충격을 주어 도망가지 못하게 만들었다.

5분 정도 지나자 119 구급차와 경찰차가 거의 동시에 도착했다.

경찰은 간단히 신원 확인을 하고 병원으로 갔고 나는 가해자와 함께 경찰서로 갔다.

휴대폰에 찍힌 동영상을 제출한 후 귀가를 하려는데 나를 죽일 듯이 노려보는 한 놈이 마음에 걸렸다.

그 눈에 담긴 것은 강렬한 살기였다.

"당신이 알지 못하는 것들이 세상에 참 많습니다. 힘으로 먹고 살 수는 있겠지만 행복하게 살 수 있는 것은 아니죠. 다른 사람의 삶을 파괴한 주제에 양심을 품다니."

나는 뒤돌아 다시 경찰에게 말했다.

"저분이 저를 노려보는군요. 아마 저를 죽이겠다고 결심한 모양입니다. 저 사람이 제게 접근하는 것을 막아 주시기 바랍니다."

"알겠습니다. 이 새끼들 정신을 못 차렸군. 경찰서 와서도 눈을 부라려?"

남자의 지문을 찍고 신원 조회를 한 그가 인상을 구겼다.

"조동팔. 어라, 이 새끼 지명 수배범이었군. 강간 절도에 상해죄라."

나는 경찰의 말에 놀라 그를 바라보았다.

그는 붉어진 얼굴을 구겼다.

몹시 화가 난 듯 보였다.

그의 눈동자를 보고, 그가 복수를 결심했음을 느꼈다.

내 예민한 감각이 마나를 타고 그의 몸에 접촉하자 그의 감정이 생생하게 느껴지기 시작했다.

다른 한 명 역시 사기죄로 집행 유예를 받은 전과가 있었다.

그러는 사이에 폭행을 당했던 남자의 애인인 한지혜 씨가 경찰서에 도착했다.

경찰이 개입하자 더 이상 뒤로 뺄 수 없었고 애인이 괜찮아
진 뒤 경찰에 자진 출두한 것이다.

"한지혜 씨, 이들이 누군지 아십니까?"

"네."

여자의 말에 가해자들은 눈을 감았다.

이게 어떻게 된 일인지 알 수 없어 남자와 여자를 번갈아
보았다.

"아버지 부하들이에요."

여자가 이를 악물고 대답하자 조동팔의 고개가 아래로 떨
어졌다.

이렇게 나오면 별도리가 없다.

피해자가 스스로 모든 것을 까발리는데 어떻게 피해 가겠
는가?

"그렇다면 애인분은 이분들을 고소하실 겁니까?"

"물론이죠, 제 아버지도 고소할 거예요."

나는 놀라 그녀를 바라보았다.

당황하기는 가해자와 경찰관도 마찬가지였다.

딸이 아버지를 고소하다니, 그 숨겨진 이야기는 모르지만
대충 비뚤어진 부성애와 이를 거부하는 딸의 불편한 관계를
알 수 있을 것 같았다.

나는 경찰서를 나오며 인생은 정말 알 수 없다고 생각했다.

무엇인가 마음에 안 드는 것이 있다고 딸의 애인 폭행을 사주한 아버지, 그런 아버지를 고소하겠다는 딸.

세상은 요지경이었다.

처음에 한지혜 씨가 도망가려고 했던 이유는 아마 문제가 크게 확대되는 것을 원하지 않아서였던 듯했다.

그리고 시간이 지나면서 생각을 정리하게 됐겠지.

이미 경찰이 개입되어 빠져나갈 구멍도 없으니.

그녀가 도망가려고 했을 때 눈감아 줬다면 상황은 지금보다 나아졌을지도 모르겠다고 생각했다.

하지만 비틀어진 부녀를 위해 희생하고 싶은 마음은 없다.

무엇보다 그들은 알지 못하는 사람들이다.

죽을 수도 있는 사람을 구해줬으니 할 일은 다한 것이다.

집으로 돌아오는데 입맛이 썼다.

남을 돕는 일은 이리도 힘들고 번거롭다.

남을 위해 몸을 던지는 사람들이 얼마나 고귀한 정신을 가지고 있는지 다시 한 번 느꼈다.

일본 취객을 살리려 몸을 던진 故 이수현 씨와 같은 사람들의 고귀한 정신은 나의 저속한 정신으로는 따라잡을 길이 없다.

남을 위해 내 삶을 희생하는 것은 익숙하지 않았다.

서툴고 어색하다.

당연히 반성을 해야 함에도 불구하고 세상이 각박하여 그런 마음조차 들지 않는 것이 슬펐다.

남을 돕는다는 것은 다른 사람의 삶 속에 들어감을 의미한다.

하지만 희생을 감수하고 들어간다고 해도, 내용을 알고 보면 서로 다른 상황과 이해관계가 얽혀 있어 반드시 환영을 받는 것도 아니다.

특히 남자와 여자가 싸우고 있을 때는 조심해야 한다.

요즘은 사랑싸움을 살벌하게 하는 커플이 종종 있으니 말이다.

집으로 돌아오니 모두 잠들었는지 조용했다.

오직 엘리스만이 나를 반기며 바라보고 있었다.

'그래, 네가 제일이다.'

나는 엘리스를 쓰다듬었다.

"너도 이제 들어가서 자렴."

엘리스가 내 다리에 얼굴을 비비며 애정을 표시한 후에 자신의 방으로 들어갔다.

이 층으로 올라와 문을 여니 현주가 자지 않고 기다리고 있었다.

"안 자고 있었어?"

"어떻게 자?"

"미안해."

자신의 잔소리를 피해 도망치듯 집을 나간 내가 마음에 걸려 안 자고 기다리고 있던 듯했다.

"왜 그랬어?"

"요즘 신경이 날카로워져서. 나의 생각과 다르게 주식들이 움직여서 당황하고 있었거든."

"아, 그럼 손해를 본 거야?"

나는 걱정하는 현주의 손을 꼭 잡았다. 조그맣고 긴 손가락이 내 손에 들어왔다.

"그렇지는 않아. 다만 벌어지는 사태에 대해 시장이 너무 반응을 안 하니까 답답해서. 언젠가 더 크게 터질 것 같으니까."

"너무 걱정하지 마."

"응."

아내의 나온 배를 살짝 어루만지며 나는 아버지로서의 자각이 약하다는 생각을 했다.

이러면 안 되는 걸 아는데 몸이 마음을 따라가지 못하고 있었다.

임신한 아내의 배부른 모습을 보며 더 잘해야 한다고는 생각하지만, 밤낮이 뒤바뀐 생활에서 오는 어수선함이 나를 당혹스럽게 만들었다.

누구를 위해서 이렇게 해야 하는가, 하는 생각이 들어 잠시 눈을 감았다.

내 어깨에 기대오는 현주의 체온에 지금도 충분히 많이 가졌고 만족스러운데 더 많이 가지려고 하는 것은 욕심이라고 느꼈다.

하지만 여기서 멈출 수는 없었다.

가던 길은 앞으로도 계속 가야 한다.

그렇지 않으면 지금까지 해온 것들이 헛수고가 된다.

*   *   *

아침을 먹고 동원산업에 출근했다.

책을 보고 있던 박송이 비서가 깜짝 놀라 일어선다.

그녀와 인사를 나누고 내 방으로 들어왔다.

"박송이 씨, 회장님에게 전화 연결 좀 해줘요."

"네."

잠시 후 3번 전화라는 박송이 비서의 말에 전화기를 들었다.

―오! 오늘은 아침부터 출근을 했군요, 김 상무님.

"네, 잠시 뵀었으면 합니다."

―언제든 오세요. 하루 종일 여기 있으니까요.

"30분 후에 찾아뵙겠습니다."

아침부터 후줄근한 날씨에 기분이 좋지 않았다.

에어컨 바람을 싫어하는 나로서는 차라리 이게 나았지만 올해는 유난히 더웠다.

같은 건물 3층 회장실에서 나동태 회장을 만났다.

70이 넘는 고령에도 그는 아직 정정하다.

마음속에 뜨거운 열정이 있는 사람은 늙지 않는다던가?

그럴 일은 없겠지만 나이보다 한참 젊어 보이는 것은 사실이다.

"김 상무님, 무슨 일이십니까?"

왜 왔는지 알면서도 천연덕스럽게 묻는 모습을 보니 저 선량한 얼굴에 구렁이가 몇 마리는 들었을 거라는 생각이 들었다.

"지난번에 하신 제안, 아직도 유효합니까?"

"아, 물론이지요."

"저는 회사의 지분 51%가 필요합니다. 하지만 아직 검증이 안 된 저에게 이렇게 기회를 주시는 것만으로도 감사한 일이지요. 아시다시피 저나 회사는 따로 가도 아무런 문제가 없습니다. 함께한다면 시너지 효과가 있어야 하는데 저는 충분한 메리트가 있다고 봅니다. 그래서 회사와 저는 몇 년간 전략적 제휴를 했으면 합니다."

"호오, 그거 괜찮은 제안이군요."

그는 나의 말에 고무적인 반응을 보였다.

서로 다른 의견이 있다면 조금씩 차분하게 조율해야 한다.

내가 동원산업에 관심을 가지는 이유로는 회사의 규모에 비해 적은 직원, 안정적인 수입, 그리고 보수적인 회사의 운용 등이 있다.

투자 회사로서의 최적의 조건을 갖춘 셈이다.

워렌 버핏이 버크셔 해서웨이를 매입했을 당시는 섬유 회사였는데 그 당시 섬유는 이미 사양 산업이었다.

버핏도 회사를 살리려 여러모로 노력을 했지만 소용없었다.

그 후 버크셔 해서웨이는 보험 회사로 업종을 바꾸면서 지금의 투자 지주 회사가 되었다.

그 밑으로 수많은 계열사가 있다.

버크셔 해서웨이는 단순한 투자 회사가 아니다.

직접 기업을 인수하기도 하고 좋은 기업에 투자하기도 한다.

그리고 나는 지금처럼 혼자 하는 투자만으로는 곧 한계를 맞이하게 될 것을 알고 있었다.

미리 그때를 대비해야 한다.

일주일 뒤 회사 내에 프로젝트 팀이 만들어졌다.

천연 자원 개발에 경험이 있는 사람들이 모였는데, 탄자니아에서 금광을 개발하는 데 참여했던 김경만 대리를 포함하여 8명이 참여하였다.

나는 그들과 인사를 나누며 새롭게 만들어진 프로젝트 팀 성격에 대해 설명해 주었다.

전 세계를 돌아다니며 에너지 자원을 개발해 온 이들과 새로운 시스템에 대해 이야기했다.

이전까지 동원산업은 주로 실물에 투자했지만 우리는 선물에 조금씩 투자할 것이다.

이들은 실물에 대해서 대단히 잘 알기에 내가 선물의 흐름을 파악하는 데도 상당한 도움이 될 터였다.

김경만 팀장, 이석중, 박만수, 나보연, 차인석, 김경민, 나지대, 오소라 씨의 자리를 배정하고 앞으로의 일 진행에 대해 의논했다.

"저희는 앞으로 선물을 하게 될 것입니다. 선물은 현물이 있어야 존재할 수 있죠. 여러분이 필요한 이유입니다. 선물은 현물보다 더 위험하죠. 하지만 현물도 위험하기는 마찬가지입니다. 위험이 없는 사업은 없습니다. 우리는 위험을 회피하는 훈련을 통해 더 높은 성공에 이르는 방법을 배워 나갈 것입니다. 여기에는 앞으로 계속 계실 분도, 원래의 부서로 돌아가실 분도 있을 것입니다. 하지만 지금은 제 부하 직원입니다. 여기에서 나눴던 그 어떠한 내용도 발설해서는 안 됩니다. 여러분은 비밀 준수 서약서를 쓰게 될 것입니다. 지키면 상당한 보상을 받지만 어기면 상상도 하지 못할 위약금을 물게 됩니다."

침을 꿀꺽 삼키며 긴장하는 팀원들의 모습이 보였다.

이렇게 처음부터 기강을 다잡아야 나중에 탈이 나지 않는다.

"아, 어와 같은 감탄사를 포함해 사소한 말 하나까지 외부에 이야기해서는 안 됩니다. 이전 여러분의 상사는 물론이요, 사장님이나 회장님에게도 마찬가지입니다. 이것만 지켜도 여러분은 올해가 끝나기 전 지금보다 최소 두 배의 연봉을 받게 될 것입니다. 좋은 동료가 되었으면 합니다."

나는 말을 마치고 정중하게 고개를 숙였다.

나의 정식 직함은 상무이사다.

저들이 보기에 까마득한 위치에 있는 내가 첫 만남에서 살벌한 이야기만 하니 모두 얼어버린 듯했다.

하지만 마지막 연봉 이야기에서는 박수가 터져 나왔다.

월급쟁이야 직장에서 받는 월급이 가장 중요하지 않은가?

"상무님, 멋지세요."

나보연 씨가 미소 지으며 말했다.

"감사합니다, 나보연 씨도 예쁘십니다. 그런데 제가 유부남이라는 것은 알고 계시겠지요?"

"네, 물론이죠."

대부분 고개를 끄덕였지만 오소라 씨는 옆의 박만수 씨에게 '정말이야?' 하고 물었다.

"현대는 정보의 중요성이 강조되고 있습니다. 제가 여러분에게 부탁드린 비밀 엄수는 워런 버펫의 제1신조이기도 합니다. 프로는 오직 결과로 말합니다. 고객에게는 과정은 중요하지 않습니다. 중간에 1,000%의 수익을 얻었다고 해도, 청산을 하지 않으면 마이너스가 될 수도 있습니다. 그러니 우리는 오직 결과로만 이야기해야 합니다."

"이사님, 원래의 부서로 복귀한 다음에도 비밀을 엄수해야 하나요?"

"물론입니다. 그리고 연말에는 근무한 일수만큼의 플러스 알파를 받게 될 것입니다. 투자의 기본은 비밀 엄수입니다."

이는 프로젝트 팀인 우리가 처음 지켜야 할 규칙이다.

비밀이 누설되고 무엇을 하고 있는지 사람들이 알게 되면 끝없는 간섭과 충고를 듣게 된다.

회사 내 새로 만들어진 프로젝트 팀은 업무에 필요한 각종 장비와 시스템을 구축하는 일을 가장 시급하게 처리했다.

그리고 이 일을 위해 경험이 많은 증권사 출신의 직원 두 명을 고용했다.

나는 이 시기에 거의 매일 출근을 했다.

그리고 연말이 되면서 가지고 있던 모든 주식을 팔아치웠다.

들려오는 소식들은 모두 안 좋은 것들뿐이었다.

미 정부가 대처 방식에 문제가 있다는 의심을 받기 시작했고 사람들도 이제야 비로소 사태의 심각성을 제대로 인식했다.

나를 비롯해서 대부분의 큰손들은 발을 빼기 시작했다.

그럼에도 불구하고 주가는 오히려 올랐다.

아무리 유동성 장세라 투자할 곳을 찾지 못한다 해도 이건 너무한다 싶었다.

올해의 수익률이 가장 좋지 않았다.

주식이 계속 올랐기에 마법사의 감각을 사용하여 수익률을 극대화할 틈을 얻지 못했다.

동원산업이 맡긴 돈의 수익률이 97%라 무척이나 아쉬웠지만 수수료 388억을 뺀 2,764억 원을 회사에 입금하였다.

수익률이 100%가 안 되니 계약서에 의해 수수료는 25%로 낮아졌다.

그리고 그동안 나에게 돈을 맡겼던 일부 고객들은 수수료가 높다고 불만을 표출했다.

그동안 워낙 수익률이 좋아 문제가 되지 않았으나 이참에 수수료를 점진적으로 내려야겠다는 생각을 하게 되었다.

내 개인 재산은 2조 1천 500억 정도 되었다.

상황으로 보아서는 주가 폭락의 시기가 반드시 올 것인데 여기서 한 번 더 모험을 해보느냐 마느냐 하는 갈림길에 들어섰다.

동원산업의 실적이 어느 정도인지 발표되면서 다시 주가가 폭등하기 시작했다.

투자 이익금이 1,164억이나 되니 증권사의 애널리스트들도 연일 호평을 내놓고 있었다.

게다가 동원산업의 투자다각화를 위해 새로운 태스크포스가 꾸려진 사실이 알려지면서 오르는 주가에 불을 지폈다.

본격적인 업무에 들어가지 않았기에 기업 공시도 하지 않았음에도 이미 소문이 난 것이다.

＊　　　＊　　　＊

올해 나는 무척 피곤했다.

연말에 주식을 전부 처분할 것을 연초부터 괜히 신경을 쓴 탓이었다.

아내와 딸아이 그리고 사랑에 빠진 딸기와 경미, 수정이에게 신경을 못 써줘 무척이나 미안했다.

오늘 연말을 맞아 사랑에 빠진 딸기가 신인가수상 후보에 올랐다는 말을 듣고 축하를 해주기 위해 방송국으로 갔다.

현주는 출산이 오늘내일하는 바람에 집에서 TV를 보기로 했다.

대기실에 들어가니 나미와 진미가 방방 뜨고 있었다.

이럴 줄 알았다.

도무지 긴장을 안 하는 아이들이다.

"앗, 사장 오빠다."

"오빠."

"오셨어요?"

서로 반갑게 인사를 나누면서 근래의 근황을 물었다.

경미와 수정이는 정식 데뷔를 하기도 전에 이미 사랑에 빠진 딸기 팀과 프로젝트 그룹을 만들어 같이 활동했기에 무대 경험은 제법 있는 편이었다.

데뷔라면 데뷔고 아니라면 아닌 이상한 모양새였으나 대중의 인지도는 상당히 높아졌다.

SN 엔터테인먼트에서 무대 경험을 맛보게 해주려 방송에 몇 번 출연시켰는데 시청자들의 반응이 의외로 좋았다.

그래서 네 명이 한 팀이 되는 것에 대해서도 숙고하는 중이었다.

"사장 오빠, 왜 그동안 우리 보러 안 왔어요?"

"무지 무지 바빴단다, 미안하구나."

"쳇, 미안하다면 다예요?"

"오늘 맛있는 거 사주는 걸로 퉁 치면 안 될까?"

유난히 먹는 것에 약한 나미의 눈빛이 흔들렸다.

"아참. 오빠, 애기 많이 컸죠?"

"그래 봐야 아직 애기지 뭐."

"아, 유진이 보고 싶다."

아이들은 딱 한 번 유진이를 본 적이 있었다.

여자아이들이라 그런지 유진이를 무척이나 좋아했었다.

"사장 오빠, 올해 우리 죽여줬어요. 그치, 진미야?"

"응."

역시 두꺼운 얼굴로 치면 나미 따라갈 사람은 없다.

게다가 진미라는 강력한 지지자가 있어 저 병은 어지간하
면 낫지 않을 듯했다.

"그래, 수정이와 경미는 올해 어땠어?"

한쪽 구석에서 부러운 눈으로 나미와 진미를 바라보고 있
는 둘을 향해 말했다.

"아, 좋았어요. 방송도 해보고요."

수정이가 밝은 표정으로 말한다.

"내년에는 프로젝트 팀으로 같이 활동도 하고 따로도 해보
자. 너희 딸기는 어떠냐?"

"우리야 뭐, 좋기도 하고 싫기도 해요."

"응?"

"언니들하고 같이 하면 좋긴 한데요. 우리가 어리니 심부름을 이런 거 다 해야 하잖아요."

"뭐, 그렇겠지. 그래도 1년 차니까 친구처럼 지내렴. 서로 도와주면서 살아야지. 지금은 딸기가 도움을 주지만 다음엔 도움을 받을 수도 있으니 말이다."

"그렇기도 하네요."

나미가 내 말에 고개를 끄덕인다.

원래 착한 아이들이라 별다른 반대는 없었다.

여기서 내가 말한다고 그대로 될 리는 없지만, 그래도 소속사에 연예인이 4명밖에 안 되는데 서로 도와줘야지 어쩌겠는가?

아이들은 가요대상을 준비한다며 모두 나가고 나와 매니저들은 대기실에 남아 모니터로 상황을 지켜봤다.

가요대상이 시작되고 아이들은 신인상과 인기상을 받았다.

인기상은 기대하지 못했었는데 인터넷 투표에서 몰표가 쏟아진 모양이었다.

하긴 저 대책 없는 엉뚱함과 귀여움을 생각하면 당연한 것일 수도 있었다.

화면에 브이를 하며 웃는 모습이 보였다.

그 모습에 기분이 좋아졌다.

아이들의 순수함을 지켜주기 위해 김승우 대표를 만나 다시 이야기를 해야 할 것 같았다.

시상식은 자정이 지나서야 끝났다.

긴장을 해서 저녁을 제대로 먹지도 못했다며 징징거리는 진미의 말이 의심스러웠지만 24시간 하는 갈비 집으로 갔다.

시간이 늦어 어지간한 레스토랑은 모두 문을 닫았고 배가 고프다며 하도 난리를 치는 바람에 가까운 곳으로 갈 수밖에 없었다.

볼이 미어터지게 갈비를 먹는 나미와 진미를 보자 어이가 없었다.

그런데 웬걸, 수정이와 경미도 별반 다르지 않았다.

이거 내가 아이들을 착취하는 못된 사장이 된 느낌이었다.

아이들을 자주 만나서 밥을 사줘야겠다는 생각을 하게 된 하루였다.

*　　　*　　　*

새해를 하루 남긴 12월 30일에 현주는 병원으로 실려 갔고 어렵지 않게 둘째를 낳았다.

이번에도 딸이었다.

현주는 약간 실망한 눈치였지만 나는 딸이라 더 좋았다.

자매끼리 서로 의좋게 지낸다는 말을 주위에서 들었기 때문이다.

장인, 장모님이 오셔서 점심에 같이 식사를 했다.

장인어른은 커피숍을 여신 후 시간의 여유가 있어 여행도 하시고 골프도 배우시다 요즘은 커피 공장에서 로스팅에 대해 배우고 계셨다.

어떻게 공장의 사람들을 구워삶았는지 거의 출근하시다시피 하며 이제 거의 전문가만큼이나 커피에 대해 잘 아시게 되었다.

사업을 하시던 분이라 한 가지를 파고들면 끝을 보시려는 승부 근성이 강하신 듯했다.

"이번에는 현주를 어떻게 할 건가?"

"저도 잘 모르겠습니다. 전처럼 했으면 좋겠지만 유진이가 걸려서요. 제 생각에 아내와 아기가 함께 며칠 갔다 오는 게 어떨까 합니다. 유진이도 같이 가면 아무래도 문제가 좀 될 것 같아서요."

"뭐가 문제가 되나?"

"유진이가 집에서 잘 뛰어다녀서 상당히 성가실 수 있습니다. 게다가 강아지와 잘 떨어지려고 하지 않습니다."

"걱정하지 말고 보내게. 근처에 친척들이 많아 유진이하고 잘 놀아 줄 걸세."

"아, 네."

집으로 돌아와 아버지께 장인어른의 말씀을 전해 드렸더니 그렇게 하라고 하셨다.

폐가 되지 않으면 쉬다가 천천히 오라고 하셔서 유진이와 함께 병원에 들렀다 처가로 갔다.

처가의 침대는 여전히 싱글이라 나는 그날 저녁에 돌아왔다.

이제는 아이가 둘이나 되어 잘 곳도 없었다.

늘 같이 놀던 유진이가 없자 엘리스는 힘이 없어 보였다.

그러나 유진이는 그런 엘리스와 달리 외가에서 할머니, 할아버지의 보살핌을 받고 살판이 났다.

우리 집은 좀 엄한 편에 속했고 외가는 자유로운 분위기였다.

게다가 근처에 사는 친척 중에 어린아이가 많아 유진이와 자주 놀아줬다.

새해도 되고 해서 나는 주로 집에 있었다.

새롭게 구성된 프로젝트 팀은 올해의 대부분을 선물 투자 대신 선물의 실태 파악에 주력할 예정이었다.

시간이 지나면서 분위기를 살펴 선물 거래에도 조금씩 투자를 했다.

아직은 아니라는 것을 알고 있었지만 투자를 하나도 하지
않으면 타이밍을 놓칠 수도 있었기에 미국과 한국 모두에 조
금씩 투자했다.

확실히 지수가 조금만 출렁거려도 수익이 명확하게 구분
되었다.

그래프를 보며 이때쯤이면 될 것 같아 선물을 매도하기 시
작했다.

꾸준하게 매도를 하는 데 반해 선물 지수가 올라 손실이 크
게 나기 시작했다.

매일 증거금이 부족해 그것을 채워 넣느라 혼이 났다.

그래서 아예 3천억 정도를 계좌에 넣어놓고 가끔 확인만
했다.

피가 바짝바짝 말랐으나 이미 물은 엎질러졌다.

지금 주워 담으려 했다간 엄청난 손실을 감당해야 했다.

그런데 어느 순간부터 손실이 줄어들어 재빨리 추가로 매
도 포지션을 취했다.

때가 오고 있다는 느낌이 들어 할 수 있는 한 꾸준히 선물
매도를 했다.

이 기간 동안 동원산업과 고객이 맡긴 위탁금으로는 주식
을 사지 않고 그냥 현금으로 가지고 있었다.

현주와 아이들이 집에 돌아온 다음 날 주가가 폭락하기 시작했다.

당연히 선물 지수도 내려갔다.

그동안 본 손실이 하루 만에 만회되었다.

이제 되었다 싶어 더 이상 이전처럼 연연하지 않았다.

아쉬운 것은 내가 투자하려고 했던 돈의 반도 선물에 투자하지 못한 부분이었다.

초기에 손실이 너무 커 과감하게 매도 포지션을 취할 수 없었던 탓이다.

5장

12초의 기적

2월 둘째 주, 수정이와 경미가 처음으로 생방송에 출연하기에 격려차 들렀는데 복도에서 지나가는 이경민 씨와 차영표 씨를 보았다.

나는 두 사람 모두 좋아하기에 다가가 인사를 했다.

이경민 씨는 유명한 개그맨이고 차영표 씨는 드라마 배우였다.

"안녕하십니까?"

"네, 안녕하세요."

이경민 씨는 유쾌하게 인사를 받고 그냥 가버렸지만 차영표 씨와는 악수까지 나눴다.

방송국 안이라 방송 관계자라 생각한 모양이었다.

"저는 김이열이라고 합니다. 사랑에 빠진 딸기와 오늘 뮤직뱅크에 첫 출연하는 샤방이의 소속사 사장입니다."

"어, 어. 들어본 것 같은데요. 아, 서현주 씨 남편이시죠?"

"아, 네."

어디를 가나 그놈의 '서현주 남편'이라는 꼬리표가 따라다녔다.

아름다운 그녀의 남편인 것은 감지덕지한 일이지만 너무들어 이제 조금 지겨운 감이 있었다.

"아, 커피 한잔하시겠습니까?"

"아, 네. 잠시만요."

나는 샤방이로 데뷔하는 경미와 수정이에게 힘내라고 말한 뒤 매니저에게 잠시 자리를 비우겠다고 말하고 나왔다.

카페테리아에서 아메리카노를 두 잔 사서 들고 오는 차영표 씨의 우람한 가슴을 보며 참 잘생겼다고 생각했다.

연기파 배우지만 뚜렷한 흥행작이 없어 스스로를 이류 연기자라고 말하는 그의 모습에 나는 대한민국 국회의원들이 이 사람 인격의 반만이라도 닮았으면 얼마나 좋을까 생각했다.

싱글싱글 웃으며 이야기하던 차영표 씨가 갑자기 눈을 빛냈다.

뭔가 하고 싶은 말이 있는 듯했다.

"나눔에 대해서 어떻게 생각하십니까?"

'엉?'

그는 최근에 인도를 갔다 왔다는 이야기와 가난한 아이들을 돕는 한국컴패션에 대해 설명했다.

또한 전 세계에 기아와 굶주림으로 죽어가는 아동이 얼마나 많은지 알려 주었다.

"그런데 돈만 지원한다고 되는 게 아닌 듯 보이는데요."

"물론입니다. 사랑을 나눠주지 않는 나눔은 다시 생각해봐야죠. 하지만 서현주 씨나 김이열 씨는 충분히 도울 수 있는 형편에 있지 않습니까? 그들을 돕고 나누면 내 자신이 행복해집니다."

나는 너무나 열심히 설명하는 그에게 감동해 참가하기로 결심했다.

"저, 그러면 몇 명이나 후원하실 수 있습니까?"

"한 명당 얼마의 후원금을 내야 합니까?"

"4만 원입니다. 4만 원으로 먹는 것과 교육이 모두 해결됩니다."

"아, 자신이 좀 없기는 한데. 그럼 현주의 이름으로 100명, 제 이름으로도 그 정도 하죠. 아, 그런데 정말 자신은 없습니다."

나의 말에 차영표 씨가 당황했는지 얼굴마저 붉히며 눈에
힘을 준다.

"아니, 선생님. 잘 생각해 보십시오. 감정적으로 결정하시
면 안 됩니다."

"아, 저도 그게 걱정입니다. 돈 내는 것은 걱정이 안 되는
데 편지 쓰는 일은 정말 자신이 없거든요."

"아니, 200명이면 한 달에……."

"800만 원이고 1년이면 9천 6백만 원 아닙니까?"

"아, 네 그렇습니다."

"계좌 번호 불러주십시오. 내일 중으로 이체해 놓겠습니
다. 그런데 그거 어떻게 하는 겁니까?"

그는 가방에서 브로슈어를 한 장 꺼내주면서 가입하는 방
법과 후원 방법을 설명해 주기 시작했다.

설명을 들으면서 남을 돕는 것도 쉬운 일이 아니구나 생각
했다.

사랑이 배제된 도움은 단지 동정일 뿐이다.

내가 뭐 대단한 사람이라고 시간을 계산했나 싶었다.

돈만 주면 안 된다.

사랑이 담긴 돈을, 따뜻한 정을 줘야 한다.

그래야 도움을 받는 아이들에게 상처가 되지 않겠구나 싶
었다.

'사회 구조도 바꿔야 하지만 이런 일도 필요하긴 하지.'

NGO의 변질을 많이 봐온 터라 그다지 그들을 신뢰하지 못했다.

어떤 시민 단체는 가난한 이들에게 전해줘야 할 돈으로 회식을 하며 술을 먹기도 했다.

그렇다고 기부를 하지 않으면 우리 사회는 더욱 각박해진다.

나는 차영표 씨에게 현주와 함께 한국컴패션을 방문하겠다고 했다.

션은 북한과 아프리카 어린이 300명을 후원한다고 한다.

자기 자식도 많은 것으로 알고 있는데 대단하다는 생각이 들었다.

11억의 사람이 하루를 1달러 미만으로 살아가고 있다는 말을 듣고 내가 가진 것을 나눠야겠다는 의무감이 들었다.

모든 것을 가졌으면서 감사하지 못한 삶을 부끄러워하는 차영표 씨의 삶의 태도를 보며 내가 참 쉽게 생각했구나, 하는 마음이 들었다.

컴패션은 고백이다.

내 마음의 고백을 이미 해버렸으니 그 고백이 거짓으로 드러나지 않도록 해야 했다.

1년에 백만 명 이상의 어린이를 후원하는 컴패션의 후원자

중 나는 겨우 200명의 영혼을 떠안고 한숨을 내쉬었다.

돈이 문제가 아니었다. 타인에 대한 사랑이 부족한 것이 문제였다.

*　　　*　　　*

아이들의 뮤직뱅크를 통한 데뷔는 성공적이었다.

샤방이는 사랑에 빠진 딸기와 함께 활동했던 덕을 많이 봤다.

신인이지만 무대 경험이 있어서 그다지 실수를 하지 않았다.

나는 아이들을 기다리고 있다가 밥을 사주고 돌아왔다.

*　　　*　　　*

다음 날 아침 뉴스에서 믿을 수 없는 사건이 보도되었다.

시민 단체 두 명이 이유를 알 수 없는 사고로 죽었다는 것이다.

한 명은 중상을 입었다고 한다.

피가 거꾸로 솟는 느낌이었다. 그들 세 명은 모두 새로 만들어진 사정연의 파견 간사들이었고, 한 명은 나도 잘 아는 두레 공동체의 나동일 간사였다.

다행스러운 것은 그나마 죽지 않았다는 정도였다.

누르면 튀어 오르는 것은 당연한 이치.

상당한 반발이 있을 것이라 예상은 했지만 설마 살인을 하리라고는 전혀 생각지도 못했다.

사고사로 위장했지만 같은 날 세 명이 동시에 당한다는 것은 있을 수 없는 일이었다.

어느 정도 사정을 알고 있는 현주도 무척이나 놀란 듯했다.

나는 경호 단체에 전화를 걸어 사정연과 관계된 사람들 모두의 경호를 의뢰했다.

그리고 우리 가족들에게는 특급 경호원을 고용해 붙였다.

고인이 된 분들의 유가족에게는 평생 살아가는 데 필요한 돈을 예치해 주었다.

예봉을 꺾으려 살인을 했겠지만 뜻대로 되지 않을 것이다.

나는 어떻게 할 것인가 고민했다.

힘을 가진 자와 힘으로 싸우면 힘이 센 놈이 이기겠지만, 그렇게 되면 이기더라도 대의명분이 약해질 수 있다.

싸우지 않고 이기는 것이 최고의 병법이나, 이렇게 노골적으로 싸움을 걸어오는 데 안 싸울 도리도 없었다.

물론 그들이 원하는 대로 해줘서는 곤란한 싸움이 되겠지만.

경호원을 고용했으니 서두를 필요는 없었다.

차분하게 누가 일을 만들었는지 알아본 뒤 그들 자신도 아무런 예고도 없이 당할 수 있다는 것을 깨닫게 해줘야지.

우리 사회의 잘못된 강줄기를 바꾸려니 이런 일, 저런 일이 생기는 것 같았다.

그렇다고 바꾸지 않으면 더 큰 문제가 만연할 터였다.

부정과 부패가 어제오늘 있었던 일은 아니지만 우리 사회의 구조가 투명하게 바뀌면, 즉 제도와 법이 바뀌면 비리와 부정이 줄어들게 될 것이다.

서구인이 상대적으로 더 높은 도덕적인 태도를 취하는 이유는 그들의 심성이 유난히 고와서가 아니다.

그들이 사는 사회의 투명성이 후진국보다 높기 때문이다.

그렇다면 나는 어떻게 해야 하나?

절대 다수의 최대 행복을 추구하는 공리주의는 사실 내 삶의 철학은 아니다.

아니, 난 뚜렷한 철학 자체가 없다.

다만 내가 아는 사람들이 행복했으면 좋겠다고 생각할 뿐이다.

그리고 나와 그들이 행복해지려면 우리 사회가 행복해져야 한다는 것도.

이상을 실현시키는 것은 아이디어와 노력이다.

예전부터 인간은 하늘을 날기를 소망했지만 새와 달리 날개가 없다.

그러니 포기하는 것이 순리고 상식이다.

그러나 포기하지 않는 사람들은 언제나 있었다.

기적은 이런 사람들이 일으켰다.

라이트 형제가 하늘을 난 것은 불과 12초, 비행 거리는 36.5미터였지만 이것이 인류의 삶을 바꾸었다.

12초가 이룬 기적이었다.

나는 이번 징벌적 보상 제도가 우리 사회를 바꾸어줄 수 있는 12초가 되기를 원했다.

그런데 문제가 생긴 것이다.

창가에 앉자 저절로 한숨이 터져 나왔다.

아기를 보던 현주가 다가와 어깨에 얼굴을 살짝 기댔다.

"너무 애쓰지 마. 당신에게는 우리가 있다는 거 잊지 마."

"안 잊어."

내 허리를 껴안은 현주의 손을 꼭 붙잡고 나는 이런저런 생각을 했다.

따스한 겨울 햇살이 창가를 비추며 거리의 나무를 감싸 안았다.

한적하고 평화로운 거리였다.

＊　　　＊　　　＊

우리 집은 빌라라 경호 업체 직원이 있을 곳이 없었다.

그래서 상주 근무를 할 수 있는 여경호원 한 명만 있게 하고 다른 사람들은 지근거리에 있는 집을 임대하여 머물 수 있도록 했다.

창문과 현관에 CCTV를 설치하여 그들이 대기하면서 볼 수 있도록 만들었다.

사생활도 보호하면서 침입자를 감시하기 위한 최소의 조치였다.

오종미 씨는 수더분한 인상의 아가씨로 말이 없는 편이었지만 성격이 서글서글해서 같이 지내는 데 불편하지 않았다.

나중에 들은 이야기로 그녀는 여자라서 주로 근접 경호를 하는 일이 많다고 했다.

그리고 까다로운 고객의 요구에 응하기 위해서는 성격이 좋아야 한다고 했다.

나는 그녀의 설명에 고개를 끄덕였다.

여자 경호원의 특성상 내실 근무가 많을 텐데 성격이 나쁘면 곤란할 듯했다.

오후에 △△ 일보 박한성 기자를 만나기로 했기에 점심을 먹고 커피숍으로 갔다.

도착하니 그가 먼저 와 기다리고 있었다. 우리는 집필실로 갔다.

"무슨 일입니까?"

"어제 뉴스 보셨지요?"

"아, 시민 단체 간사가 죽은 일이요?"

역시 기자라 그런지 눈치가 빨랐다.

"네, 사정연 간사들이었습니다. 속해 있는 단체는 다르지만 이번에 사정연이 생기면서 파견 근무를 하게 됐었었지요."

"호오, 뭔가 냄새가 나는데요."

"제 생각엔 누군가 일부러 죽인 겁니다. 우리에게 포기하라고 보내는 신호입니다. 그래서 저를 좀 도와주셔야겠습니다."

"어떻게 말입니까?"

"아시는 기자 분들을 동원해 기사를 써주십시오."

"……?"

그가 의아한 표정으로 나를 바라보았다.

"정확한 기사는 필요 없습니다. 취재도 하지 마십시오. 그냥 카더라 통신으로 인터넷에 올려주시면 됩니다. 위험하니 직접 취재는 하지 말고요."

"아, 무슨 말인지 알겠습니다. 그야 어렵지 않죠. 난 또 그놈들 취재하라는 줄 알고 놀랐습니다."

유난히 몸을 사리는 그가 어떻게 매년 특종을 터뜨리는지 알 수 없었다.

"그놈들이 누구인지도 모르는데 어떻게 취재를 하겠습니까? 하하하."

우리는 커피를 마시며 웃었다.

그는 내게 맡긴 1천만 원이 몇 배로 불어난 것을 보고 아주 호의적으로 나왔다.

부인 남여옥 씨가 우리에게 워낙 좋은 감정을 가지고 있던 터라 그것도 영향을 미친 듯했다.

아내 현주를 닮은 그녀는 현주에게서 묘한 동질감을 느낀 모양이었다.

그가 돌아간 지 이틀 후부터 사정연에 대한 기사가 실리기 시작했다.

그들은 검은 음모의 희생양이었으며 배후가 따로 있을 것이라는 추측성 보도가 인터넷에 넘쳐났다.

그러자 주요 언론과 매스컴들 역시 그 사건을 조심스럽게 다루기 시작했다.

그러다 결정적인 제보가 터져 나왔다.

9시 뉴스에서 보도된 동영상에는 괴한의 습격을 받고 쓰러지는 나동일 간사가 흐릿하게 찍혀 있었다.

괴한은 사람들이 나타나자 도망갔다.

상황이 이렇게 돌아가니 경찰도 수사를 다시 할 수밖에 없었다.

안정훈 씨에게 연락을 했더니 득달같이 달려왔다.

이번에 당한 나동일 간사는 안정훈 씨의 친구이자 나상일 씨의 사촌 동생이었다.

그가 관심을 가질 수밖에 없었다.

"어떻게 된 것 같습니까?"

"천호동 조직이 움직인 징후가 포착되었다고 하더군요."

"천호동 조직이요?"

"천호동에는 3개의 작은 조직이 있는데 그중 하나가 움직인 것 같다고 합니다. 아직 어딘지 모르는 모양입니다."

"그러면……?"

"짐작으로는 천호동 쌍도끼파가 나선 것 같다고 하더군요. 칠성파는 그때 단합 대회를 한 정황이 드러났고 낙지파는 원래 일반인은 잘 건드리지 않으니 개입 안 했을 겁니다. 그리고 잔인한 손속으로 보아 쌍도끼파의 짓인 듯합니다."

"쌍도끼파에 대해 아십니까?"

"두목 장영호는 목포에서 조실부모하고 자랐죠. 17살에 서울에 올라와 22살에 천호동에서 터를 잡기 시작했습니다. 그러다 35살에 지금의 자리에 올랐죠."

"흠, 어떤 사람입니까?"

"처음에는 호인이었다고 알려져 있습니다. 저도 우연한 기회에 한 번 만나 봤었는데 술을 엄청 좋아하더군요. 조직에서 배신자가 나와 목숨이 위태로워진 일이 발생하고는 성격이 잔혹해졌다고 하더군요."

그는 강력계 형사 출신이라 그런지 조폭들에 대해서도 잘 알고 있었다.

'쌍도끼파라.'

안정훈 씨가 돌아가고 나서 나는 생각에 잠겼다.

어떻게 해야 할지 아직 감이 안 왔다.

머리가 아파 민정 씨에게 에스프레소를 주문했다.

작은 잔에 담긴 검은색 액체를 마시니 위가 바로 반응했다.

그리고 정신이 번쩍 들었다.

역시 기분이 안 좋을 때는 이렇게 자극적인 것이 도움이 된다.

다시 한 모금 마시니 안 좋던 일들을 잊을 수 있었다.

매운 것을 먹으면 기분 전환이 된다고 하였는데 나에게는 쓴 것도 나쁘지 않았다.

커피숍의 집필실을 바라보았다.

커피나무는 직원들이 돌봐주어 잘 자라고 있었다.

상당히 자라 조만간 가지치기를 해줘야 할 것 같았다.

나는 이곳에서 글을 쓰고 싶었는데, 돈 버는 데 정신이 나가 돈벌레같이 살고 있었다.

이런 낭만적 공간을 제대로 이용하지 못하다니.

손님이 없을 때 커피향이 가득한 이곳에 앉아 로맨스와 모험이 담긴 글을 쓴다면 얼마나 좋을까?

조앤 K. 롤링이 카페에 앉아 해리포터와 자신의 상상을 냅킨에 적었던 것처럼, 이 공간에서 그러고 싶었다.

'언젠가는 가능하겠지. 이곳에 올 때마다 아름다운 상상을 하기로 하자.'

*   *   *

나스닥 선물 지수가 폭락한 후 반등의 기미가 보이자마자 선물을 청산했다.

그러자 3천억을 투자한 선물이 2조 5천억이 되었다.

국내 선물은 1천 5백억을 벌었다.

내 돈의 대부분이 미국에 있었기에 국내 선물은 많이 투자하지 못했다.

선물이 움직이자 현물은 가파르게 상승하기 시작했다.

나도 좀 늦었지만 다시 주식을 구입하기 시작했다.

거의 5조에 가까운 돈이었다.

미래를 안다는 것이 이렇게 쉽게 돈을 벌게 해줄지는 몰랐다.

마법사의 직관력이 작용한 것도 있지만 대략적이나마 미래를 안다는 이유 하나로 이런 성취를 이룬 것이다.

만약 내가 주식을 자세히 알았다면 더 높은 수익률을 가졌겠지만 그다지 기대하지는 않았다.

내가 알고 있기로 애플과 구글만큼 높은 성장을 한 기업은 그다지 많지 않았다.

작년도 아마존 주식에 투자한 돈은 애플에서 얻은 수익률보다 훨씬 높았지만 장기적으로 보면 게임이 되지 않는다.

골이 깊으니 주식도 V 자를 그리며 상승했다.

이렇게 롤러코스터를 타는 주식 시장이 고수들에게는 유리하다.

나는 주식 고수가 아니라 그들만큼은 못해도 위대한 마법사의 직감을 가졌으니 제법 괜찮은 수익을 올리곤 했다.

탁자에 앉아 오래간만에 녹차를 마시는데 현주가 다가와 슬쩍 묻는다.

"오빠도 주식으로 몇백억은 벌었죠?"

"아니."

"그럼 몇천억?"

내 대답을 기다리지도 않고 현주가 놀라 소리를 질렀다.

'아니, 그것보다 더 많은데.'

그러나 말하지 못했다.

현주가 하도 놀라 방방 떴기 때문이다.

무심코 던진 한마디로 인해 나는 매일같이 현주에게 시달렸다.

"오빠, 나 돈 좀 줘라."

"너도 부자잖아."

"그래도 오빠가 더 부자잖아."

나 참, 자기 돈도 제대로 못 쓰는 주제에 내 돈을 어디에 쓴단 말인가?

현주의 넘겨짚음에 넘어간 나는 밤마다 시달렸다.

나는 진지하게 대해야겠다는 느낌을 받았다.

"현주야."

"응?"

"돈을 주는 것은 문제가 없는데, 그렇게 되면 다른 문제가 있어."

"문제가 없다고 하면서 문제가 된다는 말은 뭐야?"

현주가 토라진 얼굴로 말한다.

원래 돈 욕심이 없는 여자인데 이상했다.

"내가 당신에게 돈을 주면 증여를 한 것이 돼. 몇백만 원은 원래부터 증여세가 없으니 상관없고, 10억이 넘어가면 세율

이 40%고 30억이 넘어가면 50%야. 그러니 내가 당신에게 100억을 줬다 해도 당신이 실제 받을 수 있는 금액은 50억이 조금 넘을 거야. 그러니 그것은 현명한 방법이 아냐."

"……?"

한동안 듣고 있던 현주가 한마디 했다.

"왜 그렇게 세금을 많이 내야 해?"

"많이 가졌으니까."

"그렇구나."

"그러니 내가 용돈을 가끔 주면 그 돈을 모아 다시 나에게 맡기라고. 그러면 내가 그 돈을 크게 불려 줄게."

"알았어."

현주는 고개를 끄덕였고 그 후 돈을 달라는 이야기는 하지 않았다.

그러나 며칠 뒤 나는 깜짝 놀라고 말았다.

"이게 뭐야?"

"응, 후원자들에게 보낼 카드야."

"그런데?"

"나, 당신이 부자라는 소리를 듣고 저번에 가져온 컴패션의 아이들을 더 지원하기로 했어요."

"그런데 이건 거의 천 장이 넘는 듯한데."

"맞아요. 당신과 내 이름으로 딱 천 명의 아이를 돕기로 했어요."

"……"

이건 뭐지, 하는 생각이 머리를 강하게 후려쳤다.

컴패션의 지원 방법은 아이가 성장하여 자립할 때까지이다.

그리고 돈만 보내는 것도 아니고 계속 편지 왕래를 해야 하는데 언제 천 명과 편지를 주고받는단 말인가?

"…그럼 프린트로 뽑아서 카드 위에 붙이자."

"어떻게 그래요? 정성이 담겨야 한다고 했는데, 내 아들딸에게 어떻게 그래?"

이럴 줄 알았다.

나야 속물이니 기부도 속물처럼 하지만 현주는 돈보다 마음을 보내려고 했다.

마음이야 아름답지만 과연 가능할지 의문이 드는 것은 어쩔 수가 없었다.

그녀는 컴패션의 홈페이지에 들어가 채석장에서 일하는 12살 소녀의 이야기를 보고는 울었다.

그러더니 이렇게 설친다.

그녀와 내가 과연 천 명 아이의 아빠가 될 만큼 성숙했으면 좋겠다.

정말이다.

정말 그랬으면 좋겠다.

마음으로는 그렇게 원했지만 나오는 것은 한숨이었다.

나도 그녀를 따라 편지를 쓰기 시작했다.

우리는 정말 차영표 씨가 누린 그 행복을 얻을 수 있을까?

컴패션에 연결되기를 기다리는 아프리카 어린이를 보며 나도 돈만 기부할 수 있다면 더 많이 했을 거라는 생각을 했다.

결국 나와 현주는 3주 동안이나 편지를 썼다.

나는 일이 있었고 현주는 아기를 돌보아야 했으니까.

편지를 다 쓰고 현주는 울었다.

감격해서인지 아니면 힘들어서인지는 모르지만 '딱 천 명만 할 거야, 더 하지는 않을게' 라고 하는 것을 보니 힘들었던 것 같다.

아마 편지를 쓰지 않아도 된다면 빌게이츠가 10만 명은 후원했을 것이다.

나도 1만 명은 후원했을 터이고.

그런데 돈으로 하는 나눔은 기쁨이 그다지 크지 않을 것 같았다.

애정과 시간을 투자하면서 지원하는 아이들이 커가는 모습을 볼 때 기쁨도 커지고 행복도 커지겠지.

결국 차영표 씨가 누린 행복은 그만큼의 사랑이 아이들에게 갔으니 되돌아온 것이겠지.

어린 나이에 두 아이의 엄마가 된 현주는 하루가 다르게 자라는 딸들이 얼마나 사랑스럽겠는가?

아프리카의 어려운 아이들을 보며 또 얼마나 마음이 아팠겠는가?

그래도 세상 모든 아이를 우리가 떠안을 수는 없는 법이다.

그들도 사랑해 줄 부모가 따로 있다.

우리는 단지 옆에서 도와줄 뿐이다.

좋은 일도 절제를 해야 함을 배웠으니 앞으로 우리의 삶은 조금 더 나아지겠지, 그렇게 생각하며 나는 거실을 뛰어다니는 유진이와 침대에 누워 있는 현진이를 바라보았다.

아무리 그래도 내겐 1천 명의 아들딸보다 2명의 딸이 더 소중했다.

이기심이겠지만 난 예수님도 부처님도 아니니까.

9장

의미 있게 사는 것

차를 타고 쌍도끼파의 거점 중 하나인 주류 도매점 근처에
왔다.

일단 정찰을 하기 위해 마트 건물 안으로 들어가 화장실에
서 볼일을 보고 인비저빌리티를 사용했다.

투명해진 몸으로 주류 도매점 안으로 들어가니 사무실을
쉽게 찾을 수 있었다.

문을 열고 들어서자 네 명의 남자가 포커를 치고 있었다.

"어, ×발. 누가 문을 열어놨어?"

남자 하나가 일어나 다가오기에 나는 다시 사무실 밖으로

나왔다.

다른 방에 들어가자 서로 부둥켜안고 있는 여자와 남자가 눈에 들어왔다.

남자가 막 여자를 안으려는 중이었다.

"슬립."

여자와 남자가 1초 간격으로 쓰러져 잠이 들었다.

남자의 목을 잡고 들어 올리니 비명을 지르며 깨어났다.

"누구……."

소리를 지르려는 그의 목에 힘을 조금 주자 컥컥거리며 더 이상 말을 못한다.

"죽고 싶으면 소리 질러도 좋아. 다른 놈에게 물어보면 되니까."

"머… 뭡니까?"

남자가 급히 눈을 깔고 비굴하게 말했다.

나는 준비해 간 지폐 다발을 앞에 던졌다.

"정보비야. 만약 거짓말을 하면 당신의 그곳을 잘라 조금 전에 하려던 짓을 평생 못하게 만들 거요."

"헉! 무… 무엇이든 물어보십시오."

성기를 자른다는 말에 기겁한 남자는 내 말이 끝나자마자 대답했다.

"당신 두목이 시민 단체 사람을 쳤나?"

나의 말에 남자가 눈알을 굴렸다. 뭔가 알고 있는 눈치였다.

"왜, 네놈이 했나?"

"아닙니다."

다크 나이트가 불빛 아래에서 시퍼렇게 빛을 뿜으며 사타구니 사이로 접근하자 그는 기겁을 했다.

"두목이 망치에게 시켰습니다."

"망치?"

"저희 조직의 행동 대장입니다. 무식한 놈이지요. 사람의 목숨을 뭐로 아는 놈이라……."

나는 다시 지폐 다발을 그에게 던졌다.

"조직에 대해 아는 대로 이야기해 봐."

그는 두려움에 떨다가 돈다발을 보고는 쌍도끼파에 대해 이야기하기 시작했다.

쌍도끼파는 장영호가 완벽하게 장악하고 있었으며 망치는 그의 오른팔이었다.

잔인함으로 따지면 두목과 우열을 가릴 수 없을 정도라고 했다.

그나마 쌍도끼파는 조직원에 대한 대우가 좋은 편이라 두목이 잔인해도 조직 유지가 가능했다.

쌍도끼파는 몇 년 전부터 기업이 주는 일을 하고 있다고 한다. 하지만 자신은 그 기업이 어디인지 모른다는 말에 나는 고개를 끄덕였다.

어떤 기업에서 청부를 했는지는 기밀 사항일 것이다.

그런 내용이 쉽게 퍼지면 조직이 제대로 돌아갈 리 없다.

돈이 되고 중요한 일은 두목 혼자 알아야 한다.

나는 남자의 뒷머리를 가격함과 동시에 슬립 마법을 펼쳤다.

맞아서 기절한 줄 알 것이다.

주류 도매점 건물을 빠져나와 건물 안 화장실에서 인비저빌리티를 푼 뒤에 차를 타고 집으로 돌아왔다.

범인이 누구인지 안 것만으로도 큰 수확이었다.

시민 단체 간사 살인 사건에 대한 경찰의 수사가 시작되자 나는 이들의 수사 진행 상황이 알고 싶어졌다.

하지만 아쉽게도 경찰이나 검찰에 아는 사람이 없었다.

결국 아버지를 찾아가 도움을 청했다.

사회생활을 오래하셨고 나이도 있으니 나보다는 나을 것 같았다.

"그래, 경찰의 조사가 제대로 이루어지는지 알고 싶다고?"

"네, 아버지."

"내 친구의 동생이 서울 지검 부장 검사로 있는데 전화를 넣어보마. 경찰 쪽 아는 사람은 지방에 있어서 별 도움이 안 될 것이다."

"아, 네."

지연, 학연, 혈연을 이용하는 것이 떳떳하지는 않지만 그래도 돌아가는 상황을 알고 싶으니 어쩔 도리가 없었다.

다음 날 나는 서초동 검찰청을 찾아갔다.

임시 출입증을 받고 고민욱 부장 검사실로 갔더니 사무실이 북적였다.

검사 몇몇이 부장 검사에게 호출당해 깨지고 있었기에 나는 사무실을 나왔다가 시간이 좀 지난 다음 들어갔다.

"어떻게 오셨습니까?"

"고민욱 부장 검사님과 약속이 되어 있습니다. 김이열이라고 합니다."

"잠시만요. 아, 지금 들어가 보세요."

문까지 열어주는 여자 직원의 친절에 감사를 표하고 안으로 들어갔다.

아까 얼굴은 슬쩍 봤지만 분위기가 심각해서 그녀도 내게 말을 붙이지 못했었다.

"뭔가?"

방에 들어가자 중년의 남자가 나를 바라보았다.

"김이열이라고 합니다."

"아, 형님 친구분의 아들이로군. 어서 오게."

"반갑습니다."

"앉아, 앉아. 아, 여기 차 좀."

고민욱 부장 검사가 인터폰으로 차를 주문했다.

"그래, 무슨 일인가요?"

"제가 지원하는 시민 단체 사람들이 이번에 사고사로 위장된 채 죽었습니다. 사건의 전말을 알고 싶어서 왔습니다."

"흠, 그건 아직 검찰로 넘어오지 않았는데 세간의 관심이 집중된 사건이기도 하지. 들리는 소문에 의하면 말이 많아. 기업인이 낀 것 같기도 하고 조폭이 낀 것 같기도 한데. 조만간 수사 내용이 송치될 테지만……. 흠, 이건 발설할 수 있는 내용은 아닌 듯한데."

"그 사건으로 시민 단체의 간사들에게 경호원이 붙었습니다. 저희 시민 단체로서는 심각한 사안이죠. 사람이 죽었으니까요."

"그렇긴 하지."

아버지 친구의 동생이라 그런지 그는 편하게 말을 했다.

나도 별 거부감은 들지 않았다.

어차피 지금은 사적인 관계로 만났고 아버지 연배 분이니 그편이 자연스러웠다.

그는 한동안 생각하다가 전화기를 들고 검사를 불렀다. 곧 40대 남자가 부장 검사실로 들어왔다.

"부르셨습니까?"

"아, 사적인 부탁을 하나 하지. 안 들어줘도 되네."

"네, 말씀하십시오."

"이번에 시민 단체 간사가 죽은 사건, 자네가 맡고 있지?"

"네, 아직 수사가 진행 중이라 저희 쪽으로 넘어오진 않았습니다."

"이분은 시민 단체의 후원자네. 기밀이 아닌 부분은 말해주게. 거절해도 좋네."

"알겠습니다."

거절해도 좋다는 말을 듣고 누가 거절하겠는가?

저렇게 말을 하면 곤란한 상황을 모면할 수 있게 된다.

나는 새로운 검사를 따라 그의 방으로 갔다.

그는 서류를 뒤적이더니 말했다.

"당신이 하고 있는 생각이 맞을 겁니다. 중간보고에 의하면 경찰 수사를 무마하기 위한 로비가 있었던 것 같고, 그래서 사고사로 발표가 났습니다. 언론이 떠들어 재수사에 들어간 뒤 아직까지 별다르게 밝혀진 것은 없습니다."

나는 그의 말을 듣고 고개를 끄덕이다가 나왔다.

직접 아는 사람이 아니라서 고민욱 부장 검사도 그냥 편의를 봐준 정도였다.

검찰청을 나오면서 나는 내 어리석음에 한탄했다.

정의와 법 연구소를 통하면 쉬울 텐데 이게 무슨 바보짓이란 말인가?

이래서 경험은 많을수록 좋다는 말이 있다.

'젠장, 남도일 변호사에게 전화 한 통화만 했으면 될 것인데.'

요즘 너무 바빠 정신이 없다 보니 이런 바보짓을 다 했다.

검찰청을 나오면서 어이가 없어 쓴웃음을 지었다.

단순히 그들을 시민 단체로만 생각했던 나의 실수였다.

그들 중 현직 검사, 판사와 변호사가 적지 않음을 잊은 것이다.

현직에 있다 보니 활동을 적극적으로 못했을 뿐이지.

하지만 자신들의 일을 도와주려던 간사들이 그렇게 당했으니 얼마나 이 일에 열의를 가지고 알아보겠는가?

주식을 하고 돈만 벌다 보니 바보가 된 느낌이었다.

게다가 요즘은 마법 수련도 등한시하고 있었다.

이제 선물 투자가 끝났으니 다시 생활을 다잡아야 한다는 생각이 들었다.

내친김에 정법에 들러 사람들을 만나고 일이 어떻게 돌아가는지 알아보았다.

확실히 경찰이 조사하는 내용이 속속 들어오고 있었다. 거의 실시간이라고 해도 좋을 만큼 신속하고 빠른 정보였다.

그도 그럴 것이 피해자들의 변호사로 경찰들과 마주치니 모를 수가 없었고 경찰 내부에도 정법의 후원자가 있는 모양이었다.

사람을 만나고 나오는데 나상미 간사가 반갑게 아는 체를 했다.

그녀가 공증서 작성해 주기에 일주일에 한두 번은 꼭 보는 편이었다.

어리게 보이는 동안이었는데 요즘은 조금 여성스러워졌다.

"여긴 어떻게 오셨어요?"

"아, 수사가 어떻게 돌아가는지 궁금해서요."

"참 안타까운 일이에요. 아무리 입장 차이가 있더라도 사람을 죽이다니요."

이미 정법은 이번 사건을 살인 사건이라고 단정하고 있었다.

조폭의 진술과 함께 이들의 말을 들으니 이제는 확신할 수 있었다.

*　　　*　　　*

나는 천호동으로 가서 이미 알아둔 망치의 거처로 들어갔다. 그는 방에서 열심히 여자와 그 짓을 하고 있었고 부하들은 불안에 떨고 있었다.

"×발, 이게 뭐야? 경찰 수사 막아준다고 해서 시작한 일인데 막아주긴 개뿔이."

"지금 그쪽도 엄청 당황하는 모양이더라. 언론에 그렇게 많이 터질 줄은 예상도 못한 것 같더군."

"젠장, ×된 건 우리지. 그런데 이 와중에 여자랑 그 짓이라니."

"조심해, 형님이 들으면 큰일 나."

"누가 뭐래? 답답하니까 하는 말이지."

그들의 말을 듣자 백 프로 확신이 들었다.

나는 열심히 떡 장사를 하고 있는 망치를 향해 마나가 가득 담긴 주먹을 날렸다.

"크악."

남자가 나가떨어지자 침대에 있는 여자에게 슬립 마법을 펼쳤다.

마나 주먹에 입이 함몰된 상태라 남자는 제대로 말도 못하고 나를 바라볼 뿐이었다.

나는 강력한 힘을 담아 벌떡 일어서려는 그의 다리를 찼다.

뼈가 부러지는 소리와 함께 비명을 지르려던 그는 사일런스 마법에 의해 벙어리가 되었다.

밖에서 불평을 터뜨리는 부하들이 들어와도 상관없었지만 군이 문제를 크게 만들 필요는 없었다.

물론 문에는 락 마법이 걸려 있어 쉽게 들어올 수도 없었다.

나는 단검을 꺼내 고통스러워하는 망치의 허벅지를 그었다.

"크억."

미약한 신음이 옹알이처럼 터져 나왔다.

"아무것도 듣고 싶지 않아. 네놈에게 죽은 사람들의 비명 소리가 들려오니까. 당신, 잔인하다며? 그럼 당신도 잔인하게 당해봐."

나는 다크 나이트에 마나를 실어 그의 손가락을 잘랐다.

공포로 눈이 커지고 몸이 고통으로 퍼덕거렸지만 쉬지 않고 전신을 유린했다.

그의 관절을 부수고 마지막으로 두 눈을 멀게 했다.

마법 '홀드 펄슨'에 걸린 그는 제대로 움직이지도 못했다.

친절하게 상처에 귀한 포션을 살짝 발라줬다.

죽이고 싶지만 이런 쓰레기를 상대로 첫 살인을 하고 싶지는 않았다.

이 짓도 하다 보니 마음이 차갑고 잔인한 마음이 는다.

아직 사람을 죽이지는 않았지만 사람을 상하게 만들어도

마음이 예전처럼 무겁지 않았다.

인간이 어떤 일에 익숙해지는 것이 이래서 무섭다.

그날 밤 다시 쌍도끼파의 두목 장영호의 집에 들어가 일의 배후를 알아냈다.

장영호는 다리 관절이 완전히 부서졌으며 늑골이 파손되었다.

원한이 많은 자이니 굳이 내가 처리하지 않아도 알아서 제거될 것이다.

원래 어둠의 세계가 그렇다.

힘을 잃은 두목은 조용히 사라지는 법이었다.

그렇지 않으면 조직 전체가 위태롭기 때문이다.

이번 일을 사주한 배후는 의외로 남영 물산이었다.

남영 그룹의 핵심 계열사이기는 하지만 평판이 좋은 회사였다. 이해할 수가 없었다.

'흠, 생각보다 어렵군. 남영 그룹을 조사해 볼 필요가 있어. 그런 대기업이 조폭과 관련이 있다는 것도 그렇고.'

조폭들의 문제에는 경찰들이 그다지 조심성 있게 대하지 않는다.

그래서 쉽게 손을 봐줄 수 있지만 기업은 그렇지 않다.

양지에서 사는 그들은 어둡고 칙칙한 일을 처리할 때 자신의 손을 더럽히지 않고 제삼자를 이용한다.

이번 사건의 시작이자 원흉은 그들이지만 처리하기 쉽지 않은 이유다.

집으로 돌아오면서 나는 슬펐다.

이렇게나 뒤틀어져 있는 우리 사회에 대해 생각하니 가슴이 어둑해지도록 답답했다.

시민 단체 간사들을 죽인 자를 징벌했지만 진짜 범인을 단죄하지 못했으니 말이다.

산다는 것에 대한 의미를 다시 생각하게 되는 날이었다.

살아 있으니 사는 것이 아닌, 의미 있게 사는 것이 중요했다.

모든 사람이 정의롭게 살아야 하는 것은 아니지만 자신의 목적을 이루기 위해 다른 사람을 죽이는 쓰레기는 마땅히 제재를 받아야 했다.

그래야 내 딸들이 살아가는 세상이 지금보다 나아질 테니까.

빗방울이 하나둘씩 떨어지기 시작하더니 10분도 안 되어 빗줄기가 굵어졌다.

차창으로 떨어지는 물방울이 굵어지자 미처 우산을 준비하지 못한 사람들은 뛰거나 가까운 건물 안으로 피했다.

인비저빌리티를 사용할 수 있게 되자 은밀한 일을 하는 데에는 밤보다 낮이 더 안전했다.

사람들 속에 묻혀 도시의 복잡한 방범 카메라를 피할 수 있기 때문이다.

하수인에 불과한 조폭들을 처리하는 것은 화풀이하는 것뿐이다.

손이 범죄를 저질렀다고 손을 자르는 일은 어리석다.

마음이 시킨 것이고 머리가 계획한 것이다.

그러니 마음을 잘라야 한다.

마음에 돋아난 독버섯을 자르지 않으면 나머지 손으로 더 은밀한 범죄를 저지를 것이다.

그게 인간의 본성이다.

인간이 교육을 받아야 하는 이유는 보다 잘살기 위해서다.

좋은 직장을 얻고 좋은 사람을 만나기 위해서는 좋은 교육을 받아야 한다.

하지만 그것은 피상적인 목적일 뿐, 교육의 진정한 목적은 우리의 마음을 사회적 규범에 맞춰 생각하고 행동하게 만드는 것이다.

그런데 힘을 가진 자들은 고의적으로 모든 사람이 존중하고 지키는 사회적 규범을 깬다.

더 많은 이익을 위해 서슴없이 부당한 짓을 한다.

그래서 가진 자는 더 가지게 되고 못 가진 자는 그나마 가진 것도 잃는다.

문제는 사람을 죽여서까지 그 짓을 하려는 자들의 사악한 마음이다.

기업이 생산 원가를 낮추기 위해 기술력을 개발하는 것은 아름다운 일이다.

하지만 하청 업체에게 원가를 낮추게 하는 행위는 가난한 자들의 생존권을 박탈하는 행동이다.

웃기지 않은가?

생산력을 높일 생각을 하지 않고 부당한 압력을 넣어 부품 값이나 줄이려고 하는 꼬락서니가.

그리고 그렇게 만들어진 수많은 이익금을 가지고 그들만의 잔치를 하니 국민들이 분노하는 것이다.

비가 내리는 도로에는 차들의 정체가 시작되고 있었다.

퇴근 시간과 겹쳐 내린 비가 말썽이었다.

한참을 가다 서다를 반복하다 사고가 난 차량들이 있는 곳을 지나니 조금 속도를 낼 수 있었다.

하지만 여전히 만족스럽지 못했다.

*   *   *

간신히 집에 도착하니 9시가 넘어 있었다.

중간에 현주에게 전화가 와서 늦을 것이라고 말해 두었지만 저녁을 먹지 않은 배는 심하게 투정을 부렸다.

저녁을 먹고 아이들이 잠들자 현주와 오붓한 시간을 가질 수 있었다.

잔인하게 조폭을 다루면서도 양심의 가책은 없었지만 마음이 무거웠다.

하고 싶지 않은 일을 하니 즐거울 리가 없었다.

나는 아내의 가슴에 얼굴을 묻고 아득한 심정으로 몸을 더듬었다.

믿을 수 없을 만큼 부드러운 아내의 몸은 내 거칠어진 정신을 녹여냈다.

"오늘 당신 조금 달라 보여요."

조용하게 내 귀에 속삭이는 말을 들으니 속에 있던 어둠의 마성이 점차 깨어났다.

정염의 불꽃이 하체에 몰려 왔고 탐욕과 쾌락에 눈뜬 손이 그녀를 더듬었다.

"아아."

아내도 열기에 감염된 것처럼 내 손짓에 반응했다.

이렇게 슬픈 날 아내의 몸은 뜨거웠다.

그래서 좋았다.

내 슬픔을 태울 수 있어서.

아내의 몸을 탐닉하다가 몸 깊숙이 들어가 일체감을 느끼며 움직였다.

아찔한 쾌락에 나도 모르게 나직한 신음을 내뱉곤 했다.

"하아."

그렇게 그녀를 지배하기를 몇 번, 그러나 끝나지 않는 파티는 없는 법이다.

"하아."

땀으로 범벅이 된 육체를 껴안고 절정의 뒤끝을 음미했다.

오늘은 내 몸이 예민해졌는지 평소보다 배나 자극을 받았다.

그만큼 더 짜릿했다.

"정말… 황홀했어요."

몇 번인지 셀 수도 없을 만큼 절정을 느낀 현주가 나직하게 속삭였다.

그녀는 이런 섹스를 원하곤 했지만 오늘 같이 불태울 수 있는 날은 별로 없다.

남자에게 섹스는 상당한 스태미나를 요구할 뿐 아니라, 이렇게 극단적인 마음 상태가 아니면 몸속에 있는 한 방울의 힘마저 남기지 않고 쏟아내기란 불가능에 가깝다.

나는 이날 깊은 잠을 잤다.

도저히 깨어날 수 없을 만큼 깊은 잠 속에서 나를 노려보는 드래곤의 붉은 눈을 보았다.

그 드래곤이 내게 말하는 듯했다.

'나의 힘을 그렇게밖에 못 쓰는가?'

놀라 깨어보니 새벽이었다.

등줄기가 서늘했다.

공포가 엄습했다.

창밖을 보니 아직 어둠이 깔려 있었다.

그리고 나는 잊고 있었던 자크 에반튼과 드래곤 하트를 떠올렸다.

드래곤.

이 세계에는 존재하지 않는 최고의 지성체이자 마법의 종주.

그런 드래곤을 잡은 마도 시대의 병기 프레벨.

도대체 이것들은 뭘까?

왜 나에게 오게 되었을까?

이것들이 아무리 대단하다 해도 현대 사회에서는 그다지 별 볼 일 없다.

오늘날의 과학 기술은 이 대단한 마법 병기마저도 무력화시킬 수 있을 뿐 아니라 나의 흔적을 추적하는 것도 어렵지 않다.

그리고 나는 모험을 하기에 가진 것이 너무 많았다.

사랑하는 가족들, 남들이 감히 상상할 수도 없는 돈, 나를 믿고 돈을 맡긴 고객들.

일어나 거울을 보니 내 눈이 꿈에서의 드래곤 눈과 닮아 있었다.

어쩌면 잔혹해지는 손속도 차가운 마음도 드래곤 하트의 영향일지 모른다는 생각이 퍼뜩 들었다.

뭔가 나에게 뭔가 말하려는 것이 있는가?

있다고 하더라도 나는 사절이다.

동의하지 않을 것이다.

나는 다시 침대로 가 아내의 몸을 쓰다듬다 잠이 들었다.

일어나 보니 10시가 넘어 있었다.

아버지는 이미 출근을 하셨고 현주도 일어나 아이들 챙기기 바빴다.

내려와 아침을 먹고 있는데 현주가 들어왔다.

"어머, 이제 일어났어요?"

"어."

말을 하면서도 얼굴을 붉히는 것이, 어젯밤 나눴던 광란의 정사를 생각한 모양이었다.

나도 다시 하체에 힘이 불끈 갔다.

밥을 먹고 나니 유진이가 아빠, 하며 달려왔다.

나는 유진이를 안고 뽀뽀를 했다.

내 품에 안겨 껌처럼 떨어지지 않으려는 딸아이의 모습을 보니 기분이 좋아졌다.

　방으로 돌아오니 현주가 따라와서는 입고 나갈 옷을 챙겨 주었다.

　그 모습이 예뻐 입을 맞추고 힙을 손으로 어루만졌다.

　"안 돼요."

　"나도 알아."

　아기 침대에서 둘째 현진이가 두 눈을 동그랗게 뜨고 쳐다보고 있었다.

　"어머나, 현진이 깨어났네."

　현주가 뺨에 뽀뽀를 하자 현진이는 해맑게 웃었다.

　나는 현진이의 머리를 쓰다듬으며 첫째와는 다른 애틋한 감정을 느꼈다.

　자식은 내리사랑이라는 말이 있다더니 둘째에게 더 마음이 가 깜짝 놀라곤 했다.

　안 그래도 혹시나 유진이가 동생을 질투하지 않을까 걱정하고 있는데 이런 것이 무의식중에 나타난다면 예민한 아이가 상처를 입을 수도 있다.

7장

아름다운 소녀

커피숍에서 커피를 마시고 오랜만에 투자 사무실로 가려고 했다.

내가 자리를 워낙 많이 비워 직원들 감독을 제대로 못했더니 기강이 해이해져 있었다.

일은 하지 않고 잡담이나 하고 있는 것을 보고 호통을 쳤다.

그동안 일한 것을 가져오라고 해 살펴보니 정말 대책이 없었다.

한동안 잘하더니 최근에는 거의 놀고 있었다.

안 하던 쌍소리까지 했다.

하는 일에 비해 월급도 상당히 후한 편인데, 그렇다면 대충 일하는 흉내라도 내고 있어야 했다.

나는 개지랄을 떨고 업무량을 확 늘렸다.

그리고 업무 시간에 메신저나 휴대전화를 하지 못하게 했다.

사람이 좋다, 좋다 하니 아주 날로 먹으려 들었다.

그 생각을 하며 아메리카노를 한 잔 마시는데 전지나 지배인이 노크를 하고 내 방으로 들어왔다.

"무슨 일 있어요?"

이 커피숍은 내가 관여할 일이 전혀 없다.

월급도 투자 사무실의 직원들보다 반이나 적은데 말이다.

"네, 사장님. 어린 소녀가 사장님을 만나야 한다며 어제부터 기다리고 있습니다."

"네?"

"연예인 지망생인 것 같아 저러다 가겠지 했는데 오늘도 일찍부터 와서 기다리고 있습니다."

"그래요?"

"어떻게 할까요?"

"뭘 어떻게 해요, 찾아왔으니 만나는 봐야죠. 들여보내 주세요."

"네, 사장님."

전지나 지배인이 나간 후 눈부시게 아름다운 소녀가 들어왔다.

"처음 뵙겠습니다. 저는 전효주라고 합니다."

"아, 네. 일단 자리에 앉으세요."

나는 순간 눈을 의심했다.

소녀의 얼굴은 너무나 아름다웠다.

크고 동그란 눈, 오뚝한 콧날, 부드러운 입, 갸름한 얼굴, 길고 날씬한 몸.

어디 한 군데 흠잡을 곳 없는 아이였다. 특히 눈은 깊고 맑아 별처럼 반짝였다.

"나를 찾은 이유가 있다면서요?"

"네, 사장님. 연예인이 되고 싶습니다."

"아, 내가 가수 몇 명을 데리고는 있지만 본격적으로 하는 일은 아니에요."

"알고 있습니다. 나미 씨가 라디오에서 한 이야기를 듣고 이곳으로 올 결심을 굳혔습니다."

도대체 나미가 무슨 이야기를 하고 다니기에 연예인 지망생들이 자꾸 찾아오게 만든단 말인가?

나는 효주가 입은 옷을 살폈다.

낡고 값싼 옷이지만 워낙 아이가 예쁘니 입고 있는 옷도 명품으로 보였다.

왜 자꾸 별로 신경도 안 쓰는 연예계와 연결이 되는지 모르겠지만 남자들은 찾아오지 않고 소녀들만 오는 이유는 있는 것 같았다.

그만큼 우리 사회에서 여자 연예인으로 성공하기 어려울 뿐 아니라 음습하게 따로 요구하는 것들이 많아서겠지.

나는 나직하게 한숨을 내쉬며 효주의 이야기를 차분히 들었다.

"그래서, 내 밑에서 연기자가 되고 싶다고요?"

"네, 사장님."

아름다운 외모를 가진 탓에 그동안 무수히 많은 연예 기획사의 스카우트 제의를 받아온 그녀가 나를 선택한 이유는 단하나, 믿을 수 있기 때문이란다.

나도 효주의 빛나는 얼굴을 보며 이런 외모라면 쉽게 성공할 수 있겠다는 생각을 했다.

"그보다 서현주가 있는 기획사로 가는 것은 어떻겠니?"

나의 말에 효주는 고개를 저었다.

"그곳은 연습생을 받지 않는다고 알고 있어요. 또 저는 경제적으로 약간의 지원을 받고 싶어요."

그 말을 하고 입술을 깨무는 효주를 보며 자존심이 무척이나 센 소녀라는 생각을 했다.

"그러면… 생각해 보죠. 만약 계약을 하면 표준 계약서대로 할 겁니다. 딸기가 맺은 계약에 생활비가 약간이 지급될 거고. 그전에 간단하게 기쁜 표정, 화난 표정, 슬픈 표정, 눈물 흘리는 연기 해봐요."

효주는 내 말이 끝나자마자 기쁜 표정을 지었다.

그녀가 웃자 방 안이 환해지는 느낌이었다.

화난 표정은 그렇게 리얼하지 않았으나 슬픈 표정이나 눈물 연기는 정말 잘했다.

마지막으로 소설의 한쪽을 지정하여 5분 동안 외우도록 했는데, 그녀는 상당한 분량을 외웠다.

게다가 약간의 감정까지 섞는 여유까지 부렸다.

"좋군요, 계약하도록 하죠."

"정말요?"

"뭐가 문제가 되나요?"

"아뇨, 너무 좋아서요."

"아직 성인이 안 되었죠?"

"네."

"법적으로 미성년자는 부모의 동의가 있어야 합니다. 그리고 계약하기 전에 이런 것은 넣어달라, 빼달라 할 수 있으니 잘 생각해 보고요."

나는 효주와 이야기를 하며 이렇게 뛰어난 아름다움을 가진 아이라면 연기자로 성공하지 못해도 모델로 성공할 수도 있을 것이라는 생각을 했다.

천사 같은 순진무구한 모습과 섹시미가 절묘하게 뒤섞인 얼굴이었다.

연기력만 뒷받침이 되어준다면 충분히 천의 얼굴을 가진 연기자가 될 수 있을 터였다.

좋은 향은 온 방을 향기롭게 한다.

좋은 소문은 향기와 같다.

연예인을 모으려고 특별한 노력을 하지 않았음에도, 단지 그들을 이용해 먹으려 하지 않고 배려해 준 것만으로도 좋은 소문이 퍼졌다.

"내일 이곳으로 부모님을 모셔올 수 있어요?"

"네."

"그럼 내일 여기서 봐요."

나는 효주를 돌려보낸 뒤, 전지나 지배인에게 내일 효주가 찾아오면 알아서 대접을 하라고 일러주고 투자 사무실로 갔다.

회사에 도착해서 보니 이제는 직원들이 제대로 일을 하는 것 같았다.

그동안 두 명의 직원이 더 채용되어 이제는 다섯 명의 직원이 사무실에 상주하게 되었다.

직원들이 일어나 나에게 인사를 했다.

"반갑습니다. 잠시 회의를 할 테니 모여 주세요."

"네, 사장님."

직원들이 회의실에 모이자 이야기를 시작했다.

"이번 주부터는 남영 그룹에 대해서 분석하도록 하겠습니다. 이미나 팀장님은 그룹 전체에 대해서 조사하세요. 기업의 지배 구조, 오너 일가의 성향, 주력 산업 등에 대해서요. 그리고 조형진 씨는 남영 물산, 차동철 씨는 남영 화학, 남지후 씨는 남영 그룹의 사회적 영향력에 대해서 가능한 자세히 알아보도록 하세요."

"네, 사장님. 그런데 언제까지 조사할까요?"

이미나 씨가 눈을 빛내며 묻는다.

"가능한 빠르게 하시고요, 이상한 점, 루머 이런 것도 걸리는 게 있으면 파악해 놓도록 하세요."

"네, 사장님."

나의 말에 직원들 중 일부는 대답하고 일부는 고개를 끄덕였다.

"아, 그리고 올해는 작년과 달리 성과급이 철저하게 차별 지급될 것입니다. 성과에 따라 어떤 분은 1억이 넘는 성과급을 받을 수도 있고 어떤 분은 한 푼도 받지 못할 수도 있습니다."

나의 말에 이미나 씨와 조형진 씨는 얼굴빛이 어두워졌다.

작년에는 모두가 연봉보다 많은 성과급을 받았었다.

하지만 자본주의 사회에서 어쩔 수 없는 일이다.

이제부터는 일도 하지 않고 빈둥거리면서도 월급을 타는데 성과급까지 열심히 한 사람과 동일하게 지급할 수 없었다.

사람들은 선한 의도로 한 배려를 처음에는 고마워하다가 나중에는 당연시 여기고 마지막에는 이용하려고 든다.

내가 자주 사무실을 비우자 일도 하지 않고 빈둥거리며 퇴근했던 것을 생각하면 어쩔 수 없이 이러한 처방을 내릴 수밖에 없었다.

사무실에서 점심을 먹고 동원산업에 출근하였다.

동원산업의 직원들은 오랜 직장 생활을 통해 일을 어떻게 해야 하는지 알고 있는 사람들이라 굳이 내가 일일이 지시를 내리지 않아도 자신이 할 일은 찾아서 하는 편이었다.

팀장이 된 김경만 대리의 지휘와 회의를 통해 내가 의도한 일들을 해내고 있었다.

선물 투자에 필요한 기자재를 모두 구입한 것은 물론, 현물에 대한 지식으로 미래의 주요 자원에 대한 조사를 하기 시작했다.

우리 프로젝트 팀은 선물을 할 것이다.

주식의 주가 지수에 따른 선물 투자가 아닌 말 그대로 선물이다.

이들은 세계 도처에 흩어진 자원을 개발하는 노하우를 가진 사람들이었기에 선물을 다루는 데 나름의 장점이 있었다.

즉, 누구보다 현물 시장의 동향에 대해 잘 알고 있는 것이다.

김경만 팀장은 탄자니아에서 금광을 개발했는데 이들은 누구보다 금의 시세를 잘 알고 있다.

금을 개발해 상품으로 판매하는 과정 전체를 알고 있으며, 세계에서 얼마만큼의 금이 채취되는지 또한 알고 있었다.

원자재는 생산량도 중요하지만 유통 구조 역시 중요하다.

다이아몬드의 매장량은 엄청나지만 전 세계 80%의 물량을 조달하는 드비어스사가 물량을 조절함으로 다이아몬드 값의 폭락을 막아왔다.

다른 원자재 희토류나 석유도 이와 비슷한 유통 구조를 가지고 있다.

즉, 생산량이 적다고 가격이 올라가는 것이 아니라 어떠한 유통 구조를 가지고 있느냐에 따라 가격이 달라진다.

동원산업은 이러한 유통 구조를 잘 알고 있었으나 그동안은 1차 생산업에 주안점을 두었다.

그런데 이제는 유통 분야까지 하겠다는 것이다.

물론 지금은 선물 투자만 하고.

방에 도착한 나는 김경만 팀장을 호출하여 그동안 일의 경과를 보고받았다.

확실히 이들은 투자 사무실 직원보다 체계적이고 일을 잘했다.

투자 사무실에는 직장 생활을 오래 한 사람이 별로 없는 반면에, 이들은 거의 5년에서 10년은 기본적으로 월급쟁이 생활을 한 사람들이었다.

내가 동원산업을 선택한 이유 중 하나가 직원들의 업무 능력이었다.

이들은 자신의 분야에서 대단히 유능했다.

"어떻습니까?"

"구리, 주석 가격이 치솟고 있습니다. 게다가 원유 가격은 이미 배럴당 120달러를 돌파했고 아마 140달러까지 오를 것 같습니다."

"흠."

"원인은요?"

"중국과 인도 등 신흥국의 발전이 큰 역할을 하였습니다. 특히 중국은 이미 세계의 자원을 빨아들이는 블랙홀이 된 지 오래입니다."

"사세요."

"네?"

"무리하지 말고 올라가는 것을 사도록 하세요. 단, 파생 상품은 절대 다뤄서는 안 됩니다. 일단 이번 주까지 투자할 종목을 골라서 보고하세요."

"네, 상무님."

그는 나가면서 미소를 지었다.

이제부터 본격적으로 일할 생각에 신이 난 모양이었다.

중국의 성장은 눈부셨다.

아마 인도가 카스트 제도만 아니었다면 중국보다 더 발전했을 것이다.

중국과 인도가 동시에 본격적인 산업화를 시작한다면 세계의 재앙일 것이다.

그나마 인도는 카스트 제도 때문에 사회적 신분 상승이 불가능했다.

카스트 제도는 인도 사회를 떠받치는 제도인 동시에 앞으로 나아가지 못하게 하는 방해물이기도 했다.

그날부터 보고서가 쏟아지기 시작했다.

나는 투기적 세력을 받지 않고 가격이 상승할 것이라 추정되는 원자재들을 사도록 지시를 내렸다.

원자재를 매입하기 시작하자 사업팀은 바짝 긴장하기 시작했다.

물건을 잘못 매입하면 회사의 손실로 처리되고, 이는 바로 자신들의 성과급과 연결되기 때문이었다.

내가 지휘하는 부서의 정식 명칭은 사업 다각화 팀이었고 회사 내에서는 사업 B팀으로 불렸다.

인원은 보강되어 20여 명의 직원이 상주하고 있다.

일단 선물 시장에서 원유와 동, 철을 샀다.

곡물에서는 소맥, 대두, 옥수수와 같은 품목의 가격이 폭등했지만 그쪽으로는 경험이 없어서 매입하지 않았다.

동과 철, 원유는 거의 폭락이 없을 것이라는 확신이 있었다.

중국의 작년 경제 성장률은 무려 11.5%였다.

세계 각국의 압력이 있어 올해는 그렇게까지 성장하지 못하리라 추측되지만 그래도 9%대 성장은 할 것으로 보였다.

그렇다면 어지간한 원자재 가격은 오른다고 보는 편이 옳다.

세계 경제가 미국의 서브프라임 사태로 인해 휘청거리며 경기 침체가 예상된 상황에서도 원자재 가격의 상승세는 멈추지 않고 있었다.

"아, 너무 오래 가지고 있지는 마세요. 적당히 이익이 나면 처분하도록 하세요."

"네, 상무님."

나는 회의에서 직원들에게 올해 경기가 어떻게 될지 모르니 무리하지 말라 전했다.

항상 문제는 욕심에서 비롯된다.

사업 다각화 팀은 말 그대로 회사의 이익을 극대화하는 일은 뭐든지 할 수 있다.

이 말은 곧 그만큼 보수적으로 하라는 뜻이었다.

투기적으로 하면 한두 번은 성공할 수 있지만 곧 원금을 다까먹고 쪽박을 차게 된다.

그래서 세계적인 투자가들은 수익률이 높지 않다.

버크셔 해서웨이 정도가 매년 20% 이상의 수익률을 꾸준히 기록할 뿐, 나처럼 두 배, 세 배의 수익을 거두지는 못한다.

이는 버핏이 IT 주를 매입하지 않은 이유도 있지만 그만큼 안전하게 투자하고 있기 때문이었다.

"아, 그리고 차인석 씨에게 남영 그룹에 대해 조사하라고 해주세요."

"네?"

"기업 투자도 할 것입니다. 사소한 부분도 놓치지 말고 조사하라고 하세요."

"네."

사업 B팀은 이제 어느 정도 안정을 찾아 얼마간 이익도 조금씩 실현되었다.

　　　　*　　　*　　　*

전효주 양과 계약을 하고 연기 학원에 보낸 지 얼마 되지
않아, 학원 원장이 CF 광고를 추천해 주어 찍었다.

작은 지면 광고였지만 벌써부터 자기 밥벌이는 스스로 하
고 있었다.

여자는 예쁘면 뭘 해도 용서가 된다는 말이 있듯이, 그녀의
뛰어난 미모는 단숨에 사람들을 사로잡아 버렸다.

이것은 사실 나도 예상을 못했다.

연예계를 잘 알지 못할 뿐 아니라 아직 배워야 하는 효주에
게는 그다지 바람직한 상황은 아니었다.

하지만 돈이 필요한 그녀를 배려하여 연기 공부에 차질이
없는 범위 내에서 허락했다.

아직 연습생에 불과했지만 광고를 하기 시작하자 꾸준히
섭외가 들어와 그녀를 SN 엔터테인먼트에 넘길 수밖에 없었
다.

바쁜 내가 광고주를 일일이 찾아다니며 계약할 수는 없었
기 때문이다.

광고를 찍고 어느 정도 마음의 여유를 찾은 효주는 더욱더
열심히 연기 연습을 했다.

연습생이라 광고를 촬영해도 받는 돈이 많지 않았기에 대부분의 돈을 효주에게 주었다.

고맙게도 SN 측 역시 실비를 제외하고 자신들의 몫을 포기해 주었다.

그들이나 나에겐 그 돈이 의미 없을 만큼 작은 액수였지만 효주에게는 아니었나 보다.

하루는 어머니가 오셔서 감사 인사를 하기에 난감했다.

효주가 어려운 상황이라 일시적으로 이루어지는 배려고, 연습생을 벗고 정식 데뷔를 하면 계약서대로 갈 것이라는 내 말을 듣고는 더 고마워했다.

이 부분을 명확히 해두지 않으면 나중에 문제가 될 수도 있어 효주를 불러 단단히 주지시켰다.

어느 날은 할 말이 있다며 효주가 찾아왔다.

"무슨 일이지?"

"저……."

효주는 만나기 쉽지 않은 나를 보기 위해 여러 번 커피숍에 온 모양이었다.

"저, 친구가 있는데요. 그 아이가 사장님 뵙고 싶어 해요."

"응?"

"저보다 더 예쁜 아이예요."

자신 있게 말하는 효주의 모습을 보니 외모는 좀 되는 모양이었다.

그래도 효주보다 예쁘다는 말은 선뜻 믿기지가 않았다.

"예쁘다고 모두 연예인을 하는 것은 아니야. 재능이 있어야지. 외모는 평균보다 조금 나은 정도인데 최고의 연기자로 대우받는 배우가 몇 명 있지. 외모는 연기 다음이라고 봐."

"그래도……."

효주의 간절한 눈빛에 나는 어쩔 수 없이 데리고 와 보라고 했고, 효주는 다음 날 바로 친구를 소개했다.

"안녕하세요."

"어서 오세요."

나는 효주의 손에 이끌리어 온 소녀의 얼굴을 바라보았다.

효주보다 키가 더 크고 외모도 예뻤다.

효주보다 예쁘지는 않았지만 상당한 외모였다.

"앉아요."

"네."

효주는 차분하고 조용한 반면 이미숙이라는 이 아이는 좀 명랑한 듯했다.

효주가 단아하고 큰 눈으로 청순미가 있고, 눈썹이 미려하여 섹시미마저 보인다면, 미숙이는 화장을 하면 화려한 얼굴이 될 것 같았다.

지금이야 화장을 하지 않았으니 이렇지만 마스크는 배우

하기에 괜찮아 보였다.

"효주 양에게 자세한 내용을 들었나요?"

"네, 물론이죠."

생글생글 웃는 모습이 꼭 나미를 보는 것 같았다.

조용한 효주와 잘 어울릴 듯해 나름 마음에 들었다.

"연기자가 될 건가요?"

"네, 그리고 노래도 하고 싶어요."

"응?"

"미숙이는 노래도 잘해요, 사장님."

"아, 그럼 일단 노래부터 들어 볼까?"

"네, 아아."

목을 푼 미숙이는 성시경의 '거리에서'를 불렀다.

독특한 보컬의 음색이 나름 괜찮은 것 같았다.

노래나 연기나 내 전문 분야가 아니니 봐도 잘 몰랐다.

연기도 곧잘 하는 것 같아 계약을 하자고 했다.

사무실도 제대로 없는 기획사에서 여자만 6명을 가진 이상한 구조가 되어버렸다.

요즘 휴식기라 자주 커피숍에 놀러오던 사랑에 빠진 딸기가 미숙이를 보았다.

전에는 효주를 보고 오늘은 미숙이를 본 것이다.

"오빠 미워."

"엉? 왜?"

"왜 예쁜 애들만 뽑는 거야?"

"하하하, 너도 예뻐서 뽑았는데 몰랐어?"

"그래요?"

칭찬 한마디에 금방 헤벌쭉하게 입을 벌린 나미가 밥을 사 달라고 졸랐다.

"고기 좀 사줘요."

"뚱보가 되면 어쩌려고?"

"흥, 난 아무리 먹어도 하나도 안 찌는 체질이라는 거 알면 서, 음하하하."

나는 나미가 떼를 쓰면 당할 도리가 없다는 것을 알고, 아 이들과 매니저를 불러 고깃집으로 갔다.

그러고 보니 정말 오랜만에 다 같이 모이는 듯했다.

"사장 오빠, 언니 보고 싶어요."

"아, 나오라고 할까?"

"네."

나미와 진미뿐 아니라 수정이와 경미도 반겼다.

효주와 미숙이는 만나 보지 못했으니 아무 말도 못하고 가 만히 있었다.

내가 전화기를 꺼내 오라고 하자 현주는 좋아하며 달려왔 다.

"얘들아, 안녕?"

"앗, 언니다."

"언니, 반가워요."

현주가 들어오자마자 나미와 진미가 좋아서 팔짝팔짝 뛰었다.

경미와 수정이도 반갑게 인사를 했다.

효주와 미숙이만이 조금 놀란 듯 현주를 바라보았다.

"어머, 이 아름다운 소녀들은 누구예요?"

"전효주입니다, 만나 뵙게 되어 영광입니다."

"이미숙이라고 합니다, 너무 아름다우세요."

"호호호, 고마워."

"내가 이야기했잖아. 연습생이 두 명 들어왔다고."

"아, 맞다. 근데 이렇게 예쁜 아이들이라고는 이야기 안 했잖아요."

"험, 예쁘긴 하지. 사장으로서 좋아할 일이 아닌가?"

"그렇긴 하죠."

현주도 효주의 외모에 상당히 놀란 표정이었다.

하긴 어린 나이에 저렇게 사람의 마음을 사로잡게 생기긴 쉽지 않다.

아까부터 고기를 먹던 주위 남자들이 힐끔힐끔 우리를 쳐다보았는데, 그들 대부분은 효주를 바라보고 있었다.

나미와 진미도 예뻤지만 효주나 미숙이와 비교하면 솔직히 상대가 안 되었다.

현주가 음식점에 들어오자 경호원 4명이 따라붙었다.

경호원들이 주위를 에워싸자 우리를 바라보던 남자들이 움찔하더니 눈길을 돌려 고기를 먹는 데 집중한다.

"앉아서 식사들 하세요."

"아, 네."

경호원 세 명은 바로 옆에 자리를 잡고 식사를 했고 한 명은 만약의 사태를 대비하여 여전히 현주의 곁에 서 있었다.

사실 이런 대중이 이용하는 음식점을 이용할 때는 경호하기가 난처했다.

원래는 이런 상황에서 식사를 하면 안 되었지만, 우리 사고방식이 보통의 의뢰인과 많이 다름을 알아차린 오종미 씨가 상부에 보고를 한 모양이었다.

이곳은 그냥 대중음식점이었기에 따로 경호원들이 있을 여유 공간이 없었다.

그것을 파악하고 다른 사람들에게 위화감을 주지 않기 위해 자리를 잡고 한 명만 근접 경호를 시키는 것이다.

고기를 구워 먹는 나머지 경호원들도 입구 쪽을 바라보며 경계하는 모습이 듬직했다.

오종미 경호원이 태권도와 합기도를 합해 8단이고, 남자

경호원들은 보통 12단이 넘어갔다.

아이들이 폭식에 가깝게 꽃등심을 구워 먹고 있는 것에 반해 경호원들은 각각 1인분 정도만 먹었다.

성인 남자의 식성치고는 대단히 부족한 양이었다.

"정말 사장님이 서현주 선배님의 남편일 줄 몰랐어요."

이미 내가 현주의 남편임을 알고 있던 효주가 조심스럽게 말했다.

"너희 내 남편 노리면 나한테 죽는다."

"아, 아니에요, 언니. 저희가 어떻게."

"그거 아니면 뭘 해도 괜찮아. 얘들아, 우리 남편 부자니까 매일 맛있는 것 사달라고 해."

"정말요?"

"그래도 돼요?"

나미와 진미가 눈을 동그랗게 뜨고 물었다.

오래 알고 지낸 가족 같은 아이들이 한 건 잡았다는 회심의 미소를 지었다.

"그럼, 우리 남편은 부자야. 너희를 키우는 것은 돈 벌기 위해서가 아냐, 특히 김나미!"

"왜요, 언니?"

"너 때문에 차린 회사니 은혜를 잊어서는 안 된다."

"그럼요, 헤헤헤. 사장님 은혜, 특히 현주 언니 은혜를 잊으면 사람도 아니죠. 언니는 예쁘시고 고결하시고 마음도 착하시고… 아무튼 제가 너무 존경하는 분이에요."

말도 안 되는 아부를 뻔뻔하게 하는 나미의 모습에 기가 막혔지만, 그 말을 듣고 빙그레 웃는 현주를 보니 허탈함에 웃음도 나오지 않았다.

"우리 남편은 너희에게 신경 쓰는 시간에 다른 일을 하면 돈을 몇 배나 벌 수 있는 사람이야. 알고 있지?"

"그럼요, 사장 오빠는 큰 회사 상무님이나 되시잖아요. 월급도 우리가 버는 것과는 비교가 안 될 정도로 많이 받으시고요."

"응?"

상무라는 직책을 아는 진미를 보니 현주가 따로 아이들을 만나 이야기한 모양이었다.

"남편은 내가 대종상 시상식에서 고백한 후에 사귀게 되었어. 내가 일방적으로 따라다녔지. 너희도 알아둬."

"뭘요?"

"괜찮은 남자가 나타나면 용기를 가지고 확 잡아."

"와아, 그래도 돼요?"

"뭐가?"

"우린 연예인인데 연애해도 돼요?"

경미가 조심스럽게 물어보자 나머지 아이들도 눈을 빛내

며 귀를 기울인다.

"당연하지. 하지만 사생활이 복잡하면 당장 자를 거야. 양다리, 유부남 사귀는 것 등 보통 사람들이 생각해서 지탄받는 일을 하면 나한테 먼저 죽을 줄 알아."

조용하게 이야기하는데도 엄청난 포스가 느껴졌는지, 아이들이 몸을 부르르 떨었다.

"물, 물론이죠."

"아이들 먹다 체하겠어."

"무슨 소리예요, 이미 먹을 만큼 다 먹어서 한 소리인데요."

그러고 보니 배를 두드리는 것이 거의 다 먹은 듯했다.

"여보, 우리 커피숍에서 커피 마시고 가요."

"그럴까?"

"응."

오랜만의 외출이라 그런지 신이 난 현주의 말을 무시할 수 없어 다시 커피숍으로 가기로 했다.

음식점을 나오는데 나미가 내 팔을 붙잡고 싱글벙글하며 말했다.

"사장 오빠, 오늘 너무 잘 먹었어요. 짱이에요!"

"응, 그래."

"나미!"

"언니, 왜요?"

"내 남편에게서 안 떨어져?"

"앗, 내가 왜 여기 있지? 아하하하. 난 진미인 줄 알았네, 미안해요."

"너 앞으로 우리 남편 근처 3미터 이내 접근 금지야."

"에이, 그건 너무했다. 오빠가 근사한 것은 알지만 언니도 있고, 그리고 유부남은 안 된다고 해놓고."

쫑알거리다 현주가 주먹을 치켜세우자 앗, 뜨거워라, 하면서 후다닥 떨어지는 나미였다.

저녁의 시원한 바람이 거리를 휩쓸고 지나갔다.

"와, 시원하다."

미소를 짓는 아이들을 보며 험한 연예계 생활을 해도 순수함을 잃지 않기를 바랐다.

그저 나의 욕심일까?

SN 엔터테인먼트는 아직 학생인 아이들의 활동을 최소화시켜, 가능한 한 학교생활에 지장을 주지 않으려고 노력했다.

현주를 생각해서인지 김승우 대표가 아이들로 돈을 버는 것을 어느 정도 포기한 듯했다.

김승우 대표는 현주가 여전히 SN 소속으로 남아 있는 것에 고마워하고 있었다.

그도 그럴 것이 현주가 1년에 CF 광고로 벌어들이는 금액이 엄청났기 때문이다.

커피숍에 돌아와 창가에 앉아 커피를 마시는데, 현주가 기분이 좋은지 콧노래를 흥얼거린다.

"아, 아이들 보고 싶다."

"보면 되잖아."

"아, 맞다."

현주가 아이폰을 꺼내 프로그램을 작동시키니 아이들이 보였다.

거실과 우리 방에 카메라를 설치하여 외출할 때 보도록 만들었는데, 그동안 외출을 안 해서 잊고 있었던 것이다.

현진이는 자고 있었고 유진이는 엘리스와 거실을 뛰어다니고 있었다.

유진이는 아기 때부터 강아지랑 놀아서인지 활동량이 어지간한 남자아이들 못지않았다.

나중에 육상 선수 한다고 그러지 않을까 걱정이 들 정도였다.

그래도 어릴 때 활동량이 많으면 건강에 좋으니 다행이긴 했다.

현주는 커피를 마시며 효주와 미숙이의 외모를 다시 칭찬했다.

하긴 어릴 때 사진을 놓고 보았을 때 현주보다 효주가 더 예뻤다.

효주는 단순하게 얼굴만 예쁜 것이 아니라 사람을 끌어당기는 마력이 있었다.

"효주는 다른 아이들보다 교육이 더 필요할 것 같아."

"응?"

"지금도 저렇게 예쁜데, 조금 더 크면 남자들이 얼마나 달려들겠어?"

"아, 그렇군."

예쁜 아이가 들어와서 그냥 좋아만 하고 너무 예뻐도 문제가 된다는 것을 몰랐다.

하긴, 값비싼 보석은 노리는 도둑이 많은 법이었다.

그 생각을 하니 머리가 아파 왔다.

이 문제도 김승우 대표와 상의를 해봐야겠다.

그래도 나를 선택한 이유는 연예인 생활을 할 때 정상적인 생활을 하고 싶어서였을 테니 거기에 희망을 걸어야겠지.

아이들이 많아진다는 것은 신경을 써야 하는 분야가 늘어난다는 뜻이니 바람직한 현상은 아니었다.

그래도 찾아온 아이들의 사정을 들어보니 그냥 돌려보낼 수 없었다.

재능이 있는 아이를 돌려보냈다가 혹시라도 잘못될까 받아 주곤 한 것이 이제는 6명이나 되었다.

"안 되겠다."

"뭐가요?"

"아이들을 위해 돈을 좀 써야겠어. 좋은 선생님을 모시고, 매니저도 채용하고, 연습실도 만들고."

"와, 정말이에요?"

"응, 언제까지 SN에 빌붙어 더부살이할 수는 없잖아."

"음, 그럼 그건 내가 외삼촌하고 의논해 볼게."

"응, 그래 주면 나야 좋지."

사랑에 빠진 딸기와 샤방이로부터 들어오는 돈이 적지 않아서, 건물을 임대하면 유지비는 나올 것 같았다.

딴따라로 비하되기도 하는 연예인은 남들에게 기쁨과 웃음을 주는 창조적인 직업이다.

그래서 투자할 가치가 있었다.

아이들을 보내고 매니저들이 퇴근한 후 우리도 걸어서 천천히 집으로 돌아왔다.

부모님께 인사를 드린 뒤 아이를 업고 방으로 들어오는데 현주의 눈빛이 야릇했다.

아이를 재우자마자 안기는 현주의 몸이 뜨거워 약간 놀랐다.

어젯밤에도 격렬한 정사를 하였기에 오늘은 가급적 피하고 싶었지만 뜨거운 아내의 몸을 보니 상처를 받을 것 같았다.

왜 이러지 싶었지만 그런 아내를 안으며 사랑을 나눴다.

잠이 든 현주를 보며 그녀가 불안해하는 이유가 뭘까 생각해 보니, 아까부터 자꾸 효주 이야기를 했음을 깨달았다.

그 아이의 뛰어난 외모가 걱정이 된 모양이다. 그 생각을 하자 피식 웃음이 났다.

내 나이가 몇인데, 현주만 해도 과분하다 못해 차고 넘치는데 솜털이 보송보송한 아이에게까지 질투하니 귀여웠다.

그만큼 나를 사랑하는 것이라고 생각하자 잠든 아내가 더 사랑스러웠다.

8장

절망 속에 피는 꽃

주식은 폭등에 폭락, 다시 폭등 후 폭락을 거듭했다.

　그만큼 세계 경기는 어디로 갈지 예측하지 못할 정도로 혼란스러웠다.

　서브프라임 사태에 대한 안일한 대처가 사태를 키웠으며 수습해 가는 과정에서 미 정부는 일관성을 유지하지도 못했다.

　그 예가 리먼 브러더스는 파산시키고 AIG는 구제 금융을 한 것이다.

　리먼 브러더스는 미 역사상 가장 규모가 큰 기업 파산 신청으로, 당시 리먼 브러더스의 자본은 6,390억 달러 규모였다.

서브프라임 사태의 후유증이 리먼 사태를 부른 것이다.

각 은행이 가지고 있는 채권들의 가치가 하락했는데 차입 규모가 큰 회사는 바로 직격탄을 맞았다.

우리나라도 엄청난 영향을 받지만, 외환 보유고가 2,500억 달러가 넘는다는 점이 그나마 위안이었다.

2008년 사태로 우리나라가 IMF와 같은 위기를 맞은 것은 아니었지만, 대학생은 잠재적 백수가 되어버렸다.

백수를 피하기 위해 휴학을 하거나 군대에 갈 정도였으니.

그런데, 남의 불행은 나의 행복이라는 말이 있다.

서브프라임 사태나 리먼 사태는 워낙 세계적으로 영향을 준 사건이라 이전부터 나도 잘 알고 있던 내용이다.

그러니 마법사의 직감을 가진 나에게 이것은 절호의 기회였다.

이미 선물 투자로 한 번 크게 재미를 보았기에 이번에도 5억 달러의 선물을 매도해 버렸다.

이미 사태를 예견한 사람이 많아서인지 저번처럼 큰 재미를 보지는 못했지만 대신 이번에는 투자된 자금의 양이 많았다.

올해는 내 인생 최고의 해였다. 그만큼 엄청나게 주가가 출렁거렸다는 말이다.

주식은 절망 속에 피는 꽃이라는 말이 맞았다.

모두가 비통한 눈물을 흘릴 때 민첩하게 사고 판 사람들만 이익을 볼 뿐, 절대 다수의 사람들은 엄청난 손해를 보게 되었다.

12월이 가까이 다가오자 올해는 더 이상 주식을 할 생각을 못했다.

그만큼 들려오는 소리가 절망적이었다.

나는 별수 없이 동원산업에서 위탁한 투자 금액을 돌려주었다.

2,400억이었던 돈이 4,720억으로 변해서 들어오자 회사는 한마디로 폭탄을 맞은 듯 정신을 못 차렸다.

그도 그럴 것이, 올해와 같은 주식 시장은 손해를 보지 않으면 다행인 장이었다.

회사뿐 아니라 주주들도 믿지 못했다.

하지만 주식 시장에는 어떻게 소문이 났는지, 다음 날 장 초반 바로 상한가가 된 동원산업은 그 후 한 번도 내려오지 않았다.

사람들 사이에서 동원산업은 중견 기업 중 황태자 주로 소문난 지 오래였다.

게다가 내가 지휘하는 사업 B팀의 수익도 곧 발표될 것이라 주주들은 많은 기대를 가지고 있었다.

우리 부서는 적지 않은 이익을 실현했다.

안전을 최우선으로 했기에 투자 대비 20%가 조금 넘는 금액이었지만 이 역시 최고의 성과라 할 만했다.

출근하니 회사는 이미 발칵 뒤집어진 상태였다.

나를 모두 괴물 보듯 놀란 눈으로 바라보았는데, 그 속에는 경외감도 어느 정도 자리 잡고 있었다.

뭐, 나야 돈 받고 해주는 일이지만 이런 분위기가 그다지 나쁘지는 않았다.

비록 선물 투자지만 항상 혼자 하던 주식을, 직원들과 의견을 교환하며 할 수 있게 되어 좋았다.

사업 B팀의 사무실에 들어가니 모든 직원이 일어나 정중하게 한목소리로 외쳤다.

"어서 오십시오, 상무님."

"어, 반가워요."

내 부스로 들어오고 얼마 지나지 않아 나보연 씨가 커피를 가지고 들어왔다.

"흠, 좋군."

아메리카노의 향긋한 향기를 느끼며 한 모금 머금으니 맛이 좋다.

"어디서 난 겁니까?"

"네, 인터넷으로 커피 머신을 주문했어요."

나 때문에 커피 머신을 따로 구입한 모양이었다.

나동태 회장의 비서도 나에게 아메리카노를 대접해야 한다는 핑계를 대고 사더니 사업 B팀도 그런 모양이다.

잘 나오지도 않는 나보다는 항상 사무실에 붙어 있는 직원들 입이 호강했다.

워낙 막강한 파워를 가진 부서니 커피 값을 가지고 시비 걸 사람은 회사 내에 아무도 없었다.

작년에 이어 올해도 동원산업 창업 이래 최고의 수익을 거두었다.

올해 주식은 폭삭 망하지 않으면 다행이라고 전망하였는데 결과는 대박이었다.

작년 애플의 주가가 200달러까지 올랐다면 지금은 다시 100달러로 주저앉았으니 말이다.

주식은 대폭락을 했는데도 작년보다 수익률이 좋으니 사람들이 놀라는 것이다.

나는 나를 바라보는 직원들의 표정을 보며 회심의 미소를 지었다.

이제 나동태 회장을 만나 담판을 지을 때가 온 것이다.

"박송이 씨, 회장님께 전화 좀 넣어줘요."

"네, 상무님."

잠시 후 전화 연결을 확인하고 전화기를 들었다.

"어이구, 김 상무님. 정말 대단하십니다, 하하하."

"아, 네. 시간 있으신가 하고요."

"당연히 있지요. 오늘 점심을 같이하는 것은 어떻습니까?"

"좋습니다."

전화를 끊고 차인석 씨를 호출하자 방으로 들어와 인사를 했다.

"부르셨습니까, 상무님?"

"아, 저번에 하라던 조사는 어떻게 되었습니까?"

"여기 있습니다."

차인석 씨는 들어올 때 이미 보고서를 가지고 있었다. 역시 센스가 있다.

"어떤가요?"

"네, 회사 자체는 재무 구조도 괜찮고 매출과 순이익 모두 좋습니다. 하지만 남영 물산과 건설 쪽에서 잡음이 들려오고 있는 모양입니다."

"이유는 무엇 때문입니까?"

"남영 그룹은 노영수 회장이 그룹 전체를 경영하지만 물산은 이민성 사장이, 건설은 김일만 사장이 맡고 있습니다. 남영 그룹의 울타리 안에 있지만 전혀 다른 기업으로 보시면 될 것입니다."

"그건 왜 그렇지요?"

"남영 그룹의 창업주 노태만 전 회장이 자신을 도와준 창업 공신 친구에게 지분 정리를 해서 준 것이 물산과 건설입니다. 그래서 남영 그룹 측에서도 말이 많은 모양입니다."

"……?"

"분사를 해야 하지 않나 하고요."

"도움은커녕 이미지나 깎아먹는데 통제가 안 되니 그렇게 해야겠죠."

"그런데 그게 또 쉽지 않은 것이 남영 물산이 남영 화학의 주식을 많이 가지고 있습니다."

"흠, 복잡하군. 그럼 이민성 사장 측이 가진 지분은 몇 %인가요?"

"22%로 알려져 있습니다."

"흠, 알았습니다. 이번에는 남영 물산을 중심으로 계속 알아보시고 이상한 점이 있으면 보고해 주세요."

"알겠습니다, 상무님."

"나가보셔도 좋습니다."

"넵."

차인석 씨가 인사를 하고 나간 뒤, 남영 물산의 주가를 보며 나는 생각했다.

쉽지 않았다.

대기업 오너의 지분이 22%라면 매우 많은 축에 속했다.

남영 물산의 시가 총액은 6조 원.

연 매출 12조, 영업 이익 3천억 원에 이르는 알짜 기업이다.

남영 물산에서 아파트를 수주하면 상당 부분 남영 건설로 넘어가는 구조라서 남영 건설은 남영 물산에 우호적일 수밖에 없었다.

그렇게 오너에게 우호적인 지분을 합치면 적대적 M&A는 결코 쉽지 않았다.

'흠, 어떻게 한다?'

돈으로 주식을 매입하면 어렵지는 않으나, 이 정도 회사의 물량을 매집하면 소문이 안 날 수 없었다.

그렇게 되면 거품이 일게 된다.

게다가 남영 물산은 그다지 저평가된 주식도 아니었다.

오늘내일 생각해 보고 결단을 해야 할 것 같았다.

지난달부터 주가가 폭락인 상태인데 언제까지 이렇게 있으리란 보장은 없으니 슬슬 매입 타이밍을 생각해 보아야 했다.

지금 타이밍에 매집한다면 아무리 대충해도 손해는 보지 않는다.

하지만 그럴 가치가 있는가 하는 문제가 있었다.

다른 주식을 사면 더 많은 수익을 거둘 수 있으니까.

*　　　*　　　*

한정식 집에 앉아 나동태 회장과 함께 점심을 먹었다.

후식으로 녹차를 마실 때, 나동태 회장이 냅킨으로 입가를 닦으며 말을 꺼냈다.

"이번에는 정말 믿을 수 없더군요. 원래 김 상무님의 능력을 믿고는 있었지만, 어떻게 이런 결과가 나올 수 있습니까?"

"주식은 비싸면 팔고 싸면 사면 됩니다."

"물, 물론이죠. 그게 말처럼 쉬우면 누구나 부자가 되겠지요."

"올해는 운이 좋았을 뿐입니다."

"그래서 하는 말이지만 보다 더 김 상무님이 회사의 일에 전념했으면 합니다."

"저야 그러면 좋겠지만 시간이 별로 없습니다. 제 일도 많아서요."

"그렇군요……. 저번에 말씀하신 지분을 조금 더 확보하시는 것은 어떻습니까?"

"어떻게요?"

"신주 인수권 발행을 하는 거죠. 물론 주총을 통과해야 하겠지만요."

"흠."

대주주의 지분 변경을 위한 신주 발행이라.

과연 주주들이 이해해 줄지 모르겠다.

하지만 이렇게 계속적으로 호의적인 신호를 보내는 나동태 회장을 보니, 그가 굉장히 노련한 사람임을 다시 한 번 느꼈다.

"이사들은 어떻습니까?"

"대부분 긍정적으로 보고 있습니다."

"생각해 보도록 하죠."

먼저 이야기를 꺼내려고 했는데 나동태 회장이 선수를 쳤다.

내가 동원산업과 인연을 맺은 4년 동안 주가는 8배가 올랐다.

액면 분할도 큰 영향을 미쳤지만 끝없이 늘어나는 회사의 투자 이익금이 가장 큰 원인이었다.

즉, 동원의 주가는 나와 제휴가 끊어진다면 한동안 폭락할 거라는 소리다.

동원산업은 나에게 꼭 필요한 회사다.

회사의 내재 가치도 높지만, 내가 현재 이 상태에서 회사를 만든다는 생각을 해보면 끔찍했다.

회사는 돈만 있다고 뚝딱 만들 수 있는 것이 아니다.

좋은 사업 아이템이라 해도 시대의 흐름에 맞지 않으면 돈으로 밀어도 실패한다.

게다가 회사를 관리하는 것은 상당히 피곤한 일이다.

동원산업은 이 모든 문제가 단 한 방에 해결된다.

좀 비싸다는 점을 제외하면 말이다.

나동태 회장과 만나 점심 식사를 한 후 일주일 만에 이사회가 열리고 신주를 발행하기로 결의했다.

주총만 통과되면 회사를 어느 정도 나의 뜻대로 할 수 있게 된다.

뿐만 아니라 대주주들도 얼마간 지분을 내놓기로 했다.

이런 경우 프리미엄을 얹어 줘야 하는데 대체로 10~30% 범위 내에서 거래가 되었다.

동원산업은 매년 200억 정도의 순수익을 내는 알짜 회사였다.

그런데 올해는 사업 B팀에서만 97억의 순이익을 거두었다.

그리고 주식 투자에서 얻은 순이익은 무려 2천억이 넘었다.

그러니 이사들이 난리를 치는 것이다.

이사회의 의결을 통해 전체 주식의 3.5%에 해당하는 신주 발행을 의결하고, 대주주들은 자신의 지분에서 조금씩 순차적으로 나에게 양도하기로 했다.

대주주들의 지분이 4% 넘어와 내 지분이 22.5%로 늘어나는 것이다.

1월이 되어도 주식은 오르지 않았고, 나는 모든 돈을 현금으로 가지고 있었다.

작년에 주식이 요동을 쳐서 5조의 돈이 12조가 되었고 선물 투자로 2조를 벌게 되었다. 그래서 내가 가진 돈은 모두 14조였다.

갑자기 늘어난 돈 때문에 나도 어리둥절했다.

설마 이렇게 큰돈이 생기리라고는 생각도 하지 못했다.

이제 무슨 일을 해도 되는 총알이 생겼으니 국내 기업에 대한 투자도 해볼 생각이었다.

주주 총회가 생기기 이틀 전, 뉴욕 타임지에 실린 '세계의 부자들' 이라는 기사에서 내가 대한민국 제1의 부자라는 것이 밝혀졌다.

한국은 난리가 났다.

재벌 기업의 회장도 아닌 단순한 투자가가 한국 최고의 부자가 되었으니 말이다.

미국에서 개설한 계좌는 미국식 이름으로 되어 있어 정확히 나라는 사실은 드러나지 않았지만 밝혀지는 것은 시간 문제였다.

고객의 돈과 구별하기 위해 개설한 개인 계좌가 말썽이 된 듯했다.

그것은 단순한 실수였다.

개인 계좌를 만든 것은 보다 높은 리스크를 감당하는 공격적인 계좌가 필요해서였다.

어떠한 경로를 통해서 밝혀졌는지는 모르겠지만 난감해졌다.

2월 초 주주 총회가 열렸고 제안된 안건에 대한 의결을 묻는 시간이 되었다.

이사회에서 의결한 신주 발행이 통과되어야 하는 시간이었다.

"지금부터 지배 주주 변경을 위한 의견 토의를 하겠습니다. 2008년 12월 1일에 3.5%의 신주를 발행하기로 의결했습니다. 지난 3개월간의 평균 가격으로 발행하기로 했으며 대주주들도 자신의 지분을 일정 부분 양도하기로 합의하였습니다. 토의를 한 후 바로 투표하도록 하겠습니다."

대부분 고개를 끄덕이며 동의하는데, 몇 명의 주주가 계속 이의를 제기하고 있었다.

1%의 지분을 가지고 있는 그들은 끊임없이 회의를 방해했다.

나는 보다가 하도 답답하여 근처에 있던 김경만 팀장에게
물었다.

"뭔가요?"

"오칠삼 교수가 운영하는 라자드 펀드입니다. 주로 중소기
업의 주식을 매입해 기업 투명화를 하라는 명목으로 사사건
건 간섭을 합니다."

"라자드는 뭔가요?"

"미국의 투자 회사입니다."

"꼴통이군요."

이해할 수 없었다.

왜 미국 투자 회사가 우리나라의 기업 투명을 위해 자금을
투자한단 말인가?

오칠삼 교수의 의도는 모르겠지만 돈은 거짓말을 하지 않
는다.

이익이 없으면 움직이지 않는다.

그런데 미국의 자본이 우리나라의 기업을 위해 움직인다
니, 한마디로 눈 가리고 아웅 하는 것이다.

나는 일어나 단상 위로 올라갔다.

그리고 계속 회의 진행을 방해하는 오칠삼 교수를 바라보
며 말했다.

"문제의 김이열 상무입니다. 뭐가 문제입니까? 신주 인수

권 발행이 무슨 주주들의 이익을 침해한단 말입니까?"

그는 내가 나서자 조금 놀란 표정으로 특정인을 위한 주식 발행은 옳지 않다고 답했다.

말은 그가 옳았다.

그도 주주니 자신이 가지고 있는 1%에 해당하는 주장은 정상이었다.

그러나 표결을 하지 못하도록 계속 방해하는 행위는 이해할 수 없었다.

"뭔가 착각을 하시는 것 같습니다."

"뭐요?"

그는 다소 화가 난 어투로 소리를 질렀다.

"일면 당신의 말은 맞는 듯합니다. 하지만 올해 당신이 받게 되는 그 많은 배당도 다 제가 벌어들인 이익금에서 나가는 것입니다. 물론 공짜로 해준 것은 아닙니다. 저는 명목상 상무이사지만 전략적 제휴를 맺은 것에 지나지 않습니다. 제가 대주주가 되면 제게 제공하는 수수료가 없어지며 따로 계약을 해야겠지요. 올해 회사가 제게 지불한 수수료가 얼마인지나 알고 있습니까?"

"……."

"이익금의 35%입니다. 물론 일정 수익까지는 수수료조차 없습니다. 게다가 저는 굳이 이 회사에 있을 이유도 없습니다. 제 개인 회사가 필요하고 동원산업이 매력적이긴 하지만 절대적이진 않습니다. 원하신다면 제 지분 15%를 매도하겠습니다. 이런 어정쩡한 지분 따위는 필요하지 않으니까요. 그러면 어떻게 될지 예상해 보십시오. 당신이 운영하는 그 잘난 펀드에 회사가 청구할 손해 배상을 감당할 수 있을 것 같습니까? 올해 제가 벌어들인 돈은 2천억이 넘고, 내년에는 더 많아질 것이며, 그다음 해는 더 많을 것입니다. 감당하실 수 있습니까?"

"아니… 난 그저 주주들의 이익을 위해서."

"닥치세요."

내 말에 그가 놀란 눈으로 바라보았다.

"뭐가 주주들의 이익입니까? 돈이 결부되었는데 어떤 미친 놈이 다른 사람들의 이익을 위해 일을 한단 말입니까? 당신, 시민 단체 대표로 나온 겁니까? 아니면 라자드 펀드를 대표해서 나온 것입니까? 주주면 주주답게 행동하세요. 시민 단체 대표처럼 행동하지 마시고요. 당신이 가진 지분 1%에 대해서 주주의 권리를 행사하라는 겁니다. 그러면 됩니다. 뭐 그리 말이 많습니까? 당신보다 더 많은 지분을 가진 주주들도 가만히 있는데, 초등학생이라도 이렇게 일방적으로 회의를 방해하지는 않을 겁니다. 충분히 의견을 개진하셨으니 이제 투표하면 그만입니다. 대다수의 주주가 아니다, 하면 안 하면 되는 겁니다. 뭐가 문제입니까? 겨우 1%를 가진 주제에 나머지 99%의 주주들이 가진 권리를 행사하지 못하게 몇 시간째 이 모양입니까?"

"너, 나이가 몇인데 말을 함부로 하는 거야?"

"사과나무에 뭐가 열립니까?"

갑작스러운 말에 놀란 그가 그만 입을 닫았다.

"나무는 그 열매로 무슨 나무인지 압니다. 사과나무처럼 보여도 배가 열리면 배나무입니다. 당신이 벌어들인 돈이 어디로 갑니까? 미국 리자드 주식회사 아닙니까? 당신에게 돈을 위탁한 아메리칸 친구들은 당신이 이렇게 지저분하게 해서 돈을 번다는 사실을 압니까? 미국 주주들을 위해 발언하시는 분은 그만 입을 다물어주시기 바랍니다. 더 이상 날뛰시면 업무 방해로 소송 걸겠습니다."

"뭐야, 너 이 자식!"

그는 화를 내면서도 슬그머니 자리에 앉았다.

그다음부터는 일사천리였다.

웃기는 일은 그도 신주 발행에 찬성했다는 것이었다.

반대를 통해 뭔가를 노렸는데 안 되니 그냥 찬성하고 만 것이다.

돈이 걸리니 체면이나 자존심이 구겨져도 개의치 않는다.

그만큼 돈이 개입되면 비정해진다.

형제간에도 돈이 개입되면 싸우는데 생판 모르는 남을 위해 일해주는 사람이 어디 있다는 말인가?

한두 푼도 아니고 이렇게 많은 돈이 걸렸는데 말이다.

그러니 입에서 나온 말로 그 사람을 판단할 것이 아니라 행동과 결과로 그 사람의 의도를 파악해야 한다.

나는 더 많은 주식을 확보하기 위해 장중에 주식을 매입하기 시작했다.

동원산업의 주가도 올해 수익이 발표된 후 올랐지만, 작년 대비로 보면 많이 내린 상태였다.

나는 하루 종일 모니터 앞에 앉아 교묘하게 주식을 쓸어 담고 있었다.

그렇게 한 달간 주식을 매집하니 4.3%의 지분을 추가로 확보할 수 있었다.

그다음부터는 주가가 다시 올라가기 시작해 애플 주식과 구글 주식을 사느라 국내에 신경 쓸 여력이 없었다.

9장

통원 투자 지주 회사

저녁을 먹고 거실에서 잠시 유진이가 노는 것을 지켜보는
데, 잘 놀고 있던 아이가 TV를 보더니 마구 소리를 지른다.

"아빠다, 아빠."

TV를 가리키는 작은 손짓을 따라가니 8시 뉴스에 내 사진
이 나왔다.

뉴스가 시작되자마자 첫 꼭지에 속보라는 타이틀을 달고
나온 것이다.

'헐.'

배우 뺨치게 잘생긴 김영만 앵커가 뉴스를 진행하고 있었다.

—뉴욕 타임지가 밝힌 우리나라 최고 부자의 정체가 마침내 밝혀졌습니다. 그것도 구글의 래리 페이지 회장의 인터뷰에서였습니다. 문제의 장면을 보시죠.

CNN의 에드워드 채리린 기자가 래리 페이지에게 묻고 있었다.

—지난 몇 년 동안 가장 기억에 남는 인상적인 인물은 누구입니까?

—최근에 만난 사람으로는 한국의 이열 킴이 생각납니다. 그는 우리가 안드로이드를 6천만 달러에 매입하려고 할 때 중간에 나타나 2억 달러에 팔게 만든 장본인이죠. 그리고 그 후에 또 한 번, Youtube를 인수할 때도 만났습니다. 아마 다른 미국의 기업에도 투자를 한 모양인데 다시 만날까 겁이 납니다. 얼마 전 한국 최고의 부자가 되었다고 하던데 그것은 너무나 당연한 일이며, 조만간 아시아 최고 부자가 될 거라고 생각합니다.

다시 화면이 바뀌며 김영만 앵커가 나와 이야기를 한다.

—그뿐만 아닙니다. 그는 여배우 서현주 씨의 남편으로도 많은 사람에게 알려졌는데요, 그가 이렇게 부자가 되기까지 불과 6년도 채 걸리지 않았다고 합니다. 이채리 기자가 보도합니다.

화사한 얼굴의 여자 기자가 나왔다.

—얼마 전 뉴욕 타임지가 발표한 화제의 인물, 대한민국 최고의 갑부에 오른 김이열 씨는 우리에게 잘 알려진 여배우 서현주 씨의 남편입니다. 그런데 그 부의 대부분은 주식 투자로 이루어졌습니다. 도대체 어떻게 주식 투자를 했기에 그런 어마어마한 돈을 벌 수 있었을까요? 동원산업 상무이사이기도 하며 '열' 투자 회사, 그리고 우리에게 너무나 잘 알려진 커피숍의 사장이기도 한 그는 불과 6년 전만 해도 평범한 회사원이었습니다. 그는 한국 최고의 대학 S대 경영학과를 나와 군 입대를 했습니다. 제대 후 얼마 있지 않아 세계 최고의 전자 회사인 STL에 입사하게 됩니다. 그는 기획 조정실에서 근무를 하다 서현주 씨를 만났습니다. 서현주 씨가 대종상에서 사랑한다고 고백한 후 그는 기자들의 인터뷰 요청에 시달려 회사를 그만두게 됩니다. 그리고 잘 알려진 커피숍의 사장이 되었죠. 그리고 그때부터 주식을 하게 됩니다. 이듬해부터 친인척들의 돈을 위탁받아 본격적인 투자를 하게 되었고, 다음 해 엄청난 수익을 거두면서 소문이 나게 됩니다. 그는 첫해에 세 배, 다음 해에는 네 배의 수익을 거뒀다고 합니다. 그에 대한 소문이 나자 갑부들은 돈을 맡기기 위해 줄을 섰지만 그때부터 아무나 돈을 맡길 수는 없었습니다. 그는 안드로이드와 Youtube에 투자한 지 불과 1~2년 만에 투자한 돈의 수십 배를 벌어들였습니다. 아마 김이열 씨는 그것을 바탕으로 돈을

불렸으리라 추정됩니다. 여기에 우리가 잘 아는 바이올린니스트 장진주 씨를 모셨습니다. 언제부터 '열' 투자 회사에 돈을 맡기셨나요?

장진주 씨가 선글라스를 낀 채 담담히 말했다.

—사촌 오빠가 김이열 사장님의 동창이었어요. 그래서 오빠에게 이야기를 듣고 돈을 맡겼죠. 1년마다 결산을 하는데 믿을 수가 없었어요. 그는 마이더스의 손이에요. 건물을 판 돈을 맡기러 갔다가 엄청나게 늘어난 돈에 놀라 그냥 온 일도 있었어요. 돈을 추가로 맡기는 의미가 없어졌으니까요.

화면이 다시 바뀌더니 이채리 기자가 나왔다.

—보신 바와 같이 주식과 엔젤 투자로 한국 최고의 거부가 된 김이열 씨는 한국이 낳은 천재 투자가입니다. 이상 SBS 이채리 기자였습니다.

김영만 앵커가 다시 나와 몇 마디 멘트를 하고 다음 뉴스로 넘어갔다.

그 뉴스를 보자 한숨이 저절로 나왔다.

'망했다.'

다행스럽게도 식구들은 뉴스를 보지 않았으나 아는 것은 시간 문제였다.

'하아, 어떻게 한다?'

뭐 잘난 얼굴이라고 뉴스에 나와 사람들 입에 오르내린단 말인가?

그리고 이렇게 갑자기 언론에 보도될 줄은 전혀 예상하지 못했다.

방송이 채 끝나지도 않았는데 갑자기 집 전화기에 불이 나기 시작했다.

사돈에 팔촌뿐 아니라 어릴 때 동창에게까지 전화가 왔다.

전화기를 꺼놓고 집 전화기 코드도 빼놓았지만 현주와 어머니, 아버지 핸드폰까지 걸려오는 전화는 막을 수가 없었다.

현주가 갑자기 이 층에서 뛰어오며 소리를 질렀다.

"여보, 이게 무슨 소리야? 당신이 뉴스에 나왔다는데?"

"어쩌다 보니 그렇게 되었어."

"그럼 그 말이 사실이야?"

"뭐가?"

"당신이 우리나라 최고의 갑부라는 거."

"아니."

"응?"

"개인의 재산으로 보면 그렇겠지만 그게 또 그렇지 않아. 차명 계좌로 가지고 있는 돈이나 주식, 그리고 부동산을 감안하면 아직은 아니지."

"믿을 수가 없어."

현주가 비틀거리며 소파에 주저앉았다.

멍하게 한참을 앉아 있는데 유진이가 엄마, 하며 안겼다.

"웅? 어머, 우리 유진이네."

정신없는 와중에도 깔깔거리는 딸아이와 놀아주는 현주를 보며 나는 난감해졌다.

돈이 많으면 좋지만 지금처럼 대책 없이 많으면 사람들의 쓸데없는 관심만 살 뿐이다.

나도 그냥 현주의 옆에서 딸아이의 재롱을 보며 망연하게 있었다.

머릿속에는 앞으로 어떻게 하지, 하는 생각뿐이었다.

아버지가 갑자기 안방에서 나오시더니 나를 바라본다.

손에 전화기를 들고 계신 것으로 보아 누군가의 전화를 받으신 모양이었다.

"사실이냐?"

"네, 아버지."

"끙."

아내도 아버지도 너무 당황하신 나머지 좋다, 나쁘다, 라는 감정 표현도 하지 못하고 한동안 넋을 잃은 사람처럼 그대로 계셨다.

아버지가 소파에 앉으신 후 나지막하게 한숨을 내쉬셨다.

"앉아라."

"네."

"네가 능력이 있어 이렇게 되었는데 누가 뭐라 할 수 있겠느냐? 축하한다. 한국 최고의 부자에 등극하게 된 것 말이다."

"네, 감사합니다."

"그래도 믿을 수가 없구나. 네가 주식을 잘하는 것은 알고 있었지만 그 정도일 줄은 상상도 못 했다."

아버지는 말씀을 하시면서도 여전히 불신으로 가득한 표정이셨다.

주식으로 불과 6년 만에 14조의 재산을 이루어냈다는 사실을 누가 믿을 수 있겠는가?

사실 미래를 알지 못했다면, 그리고 운이 좋지 않았다면 불가능한 일이었다.

나도 믿어지지 않는데 믿으라고 강요할 수 없는 법.

하지만 내가 그만큼 부자라는 현실은 바뀌지 않았고 미안하지만 내년에는 더 큰 부자가 될 것이었다.

"어쩌다 보니 그렇게 되었습니다."

"어쨌든 부자가 나쁜 것은 아니니 축하한다. 하지만 이제 세상 사람의 온갖 관심을 다 받게 생겼구나."

"그렇겠죠, 하아."

TV에서는 내가 이룬 기적에 대해 떠들었지만 반대로 우리 집은 차분하였다.

너무 놀라면 오히려 차분해진다는 말이 있듯이, 그냥 몇백억이나 몇천 억이었다면 분명 축하한다고 난리를 피웠을 터였다.

뒤늦게 아신 어머니 역시 놀라시며 축하해 주셨다.

우리 집에서 충격을 받지 않은 사람은 딸아이인 유진이와 현진이밖에 없었다.

기분 좋게 보내자고 샴페인을 터뜨렸지만 기쁨 속에 걱정이 태산처럼 밀려들고 있었다.

그리고 이런 염려는 다음 날 바로 나타났다.

어떻게 알았는지 집 주변을 기자들이 에워싸기 시작한 것이다.

복권에만 당첨 되도 수많은 날파리가 달라붙는데 나의 경우 역시 벌써부터 이상한 전화가 걸려오기 시작했다.

경호원들을 충분히 고용했지만 이제 그 숫자로는 턱도 없을 정도였다.

경호원들의 도움으로 어떻게든 간신히 출근을 했으나 회사에는 더 많은 기자가 모여 있었다.

회사 변호사가 달려오고 홍보실 직원들이 나가 기자들에게 따뜻한 차를 대접하며, 따로 기자 회견이나 인터뷰는 없을 것이라 발표했다.

그럼에도 돌아가는 기자는 얼마 없었다.

나는 이전과 전혀 달라지지 않았는데 TV 뉴스에 나왔다는 사실 하나로 예전과는 완전히 다른 삶이 되었다.

좋은 점도 몇 가지 있었다.

이전에는 반신반의하던 주주들이 내가 대주주가 되는 것에 적극 찬성하기 시작했다는 점이었다.

이전에는 없던 권위도 생겨 한마디만 해도 모두 설설 기었다.

이것은 노련한 나동태 회장조차 예외가 아니었다.

그는 아예 대주주들과 협의해 원래 내게 넘기기로 한 지분을 배로 늘렸다.

동원산업이 시도한 투자 지주 회사로의 변신도 너무나 쉽게 이루어졌다.

회사에서는 투자의 신으로 불리어졌다.

6년 만에 주식으로 14조를 만들었으니 아무도 이의가 없었던 것이다.

웃기는 일은 내가 사정연의 후원자임이 알려지자 미적거리던 국회의원들이 발 빠르게 움직이기 시작했다는 점이다.

바야흐로 징벌적 보상 제도가 뜨거운 논제로 우리 사회에 등장했다.

그 제도를 대한민국에서 가장 부자인 사람이 지원한다고 하니 이제는 대기업들도 함부로 반대하지 못했다.

14조라는 돈은 대한민국에서 비록 적대적 M&A는 힘들어도 어떠한 기업이라도 곤란하게 만들 수 있는 돈이었기 때문이다.

동원산업에 이틀 출근한 이후로는 집에만 있었다.

소나기가 내릴 때에는 굳이 나서서 비를 맞을 필요 없다.

지나갈 때까지 조용히 기다리며 내 할 일을 하면 되는 것이다. 내가 집에 있자 신이 난 것은 딸아이였다.

유진이에게는 강아지와 노는 것도 즐거운 일이었지만 아빠와 같이 노는 것에 비할 바는 아니었다.

나는 유난히 나를 따르는 아이와 기쁜 마음으로 뛰어 놀았다. 유진이는 요즘 단어를 배우고 있었다.

같은 것을 묻고 또 물었다.

처음에는 딸아이의 기억력이 나빠서 그런 줄 알았는데 표정을 보니 그게 아니었다.

그래서 두 번째 질문 때 그것이 무엇이며 어떤 기능을 하는지 설명해 주자 더 이상 묻지 않았다.

예를 들면 이런 것들이다.

테디 베어 인형을 좋아하는 아이에게 곰은 동물이며 귀엽게 생겼지만 힘이 세고 물고기를 잡아먹는다고 하니 놀란 표정을 지었다.

그래서 백과사전을 꺼내 곰이 어떤 동물인지 같이 살펴보았다.

아이는 끊임없이 물었지만 자세한 설명을 들은 것은 두 번 다시 묻지 않았다.

그러다 보니 유진이의 머리가 생각보다 너무 좋다는 걸 알게 되었다.

기자들이 극성을 부리지 않았다면 딸아이의 지능을 알아채지 못했을 것이다.

이게 그 무엇보다 기쁜 일이었다.

그래서 블록 쌓기와 같이 손을 움직이는 장난감을 가지고 유진이와 놀았다.

어디선가 아이들은 손을 많이 쓰면 지능이 개발된다는 말을 들었기 때문이다.

고무찰흙이나 밀가루 반죽으로 사자나 돌고래 등도 만들었다.

돌고래를 만들면서 나는 유진이에게 인어공주 이야기를 해주었고 사과를 만들며 백설공주 이야기를 해줬다.

아이는 그때마다 그 긴 이야기를 재미있게 들었다.

지능이 발달되는 시기에 어린아이들의 호기심을 귀찮아하여 억누르면 더 이상 두뇌 개발이 되지 않는다 하니, 원할 때마다 계속 이야기를 해주었다.

나에게는 귀찮고 곤혹스러운 일이었지만 아이는 아닌가

보다.

내 설명을 들을 때마다 좋아하는 모습을 보니 말로 표현하기 힘든 따뜻한 것이 가슴에 가득 채워졌다.

나는 당분간 회사에 출근하지 않는 대신 현주가 감독해서 만드는 연예 기획사를 보러 갔다.

사무실은 같은 건물 3층에 있는 100평짜리를 얻었고, 이후에 비는 장소가 생기면 계약하기로 했다.

그래서 1층은 커피숍, 2층은 SN 엔터테인먼트, 3층은 우리 기획사가 자리를 잡게 되었다.

사무실이 생긴다고 하니 좋아서 자주 찾아오던 아이들이 나를 보고 무작정 맛있는 것을 사달라고 떼를 쓴다.

현주가 부자라고 했는데 그냥 부자가 아니라 우리나라 최고의 부자라고 하니 이 앙큼한 것들이 이제는 소갈비나 꽃등심 먹는 것을 당연하게 여긴다.

벌써 오늘로 3일째 아이들 점심을 산다.

6명의 아이들과 매니저, 경호원을 포함하니 거의 20여 명의 사람이 고기를 먹었다.

그런데 다들 얻어먹으면서 고마워하는 기색들도 없다.

이전에는 돼지갈비만 사줘도 고마워하고 미안해하던 아이들이었는데 말이다.

"엄청 부자 오빠, 이제 사무실 생기면 우리도 거기서 있으면 되는 거지?"

나미가 내 눈치를 살피며 조심스럽게 물었다.

"그렇지, 좋으니?"

"그럼, 사실 SN 사무실을 쓰면 알게 모르게 눈치를 많이 보게 되거든요. 그러면 우리 연습실도 생기나요?"

"지하실이 비면 그곳을 얻을까 하는데 언제 나올지는 모르겠다."

"오빠, 그러지 말고 건물 하나 사요. 오빠 돈도 많잖아요."

"어, 그 방법이 있었네. 왜 난 그 생각을 못 했지?"

"아하하하, 그것도 몰랐다니, 바보네."

배를 부여잡고 웃는 나미의 모습은 귀여운 악마였다.

이 아이들이 건강하게 자라고 이들의 노래와 연기를 통해 사람들이 용기를 얻고 위로받는 날이 오지 않을까 생각하니 들어가는 돈 따위는 전혀 아깝지 않았다.

세상에 사람을 행복하게 만들 수 있는 직업이 그다지 많지 않은데 연예인은 그중 하나였다.

그러니 내가 이러는 것이다.

아내가 연예인이라서 더 각별한 마음을 가지고 있는 것도 사실이고.

내 개인 재산으로 하는 주식 매입은 거의 끝난 상태라 특별히 할 일도 없었다.

국내 위탁 투자 금액을 가지고 이제 적절한 매입 시기를 노리는 일만 남았다.

그리고 동원산업에서 내가 지휘하는 사업 B팀은 작년의 경험을 바탕으로 선물 투자를 자체적으로 하고 있었다.

원래 보수적인 경향이 많은 사람이라 선물 투자에도 그런 모습을 많이 나타내곤 했다.

내가 절대 옵션과 같은 위험한 파생 상품은 하지 못하게 했으니 특별한 일은 발생하지 않을 터였다.

게다가 시스템적으로 선물에 투자할 때 반드시 두 사람 이상이 크로스 체크를 하도록 해놓았다.

또한 개인의 실적에 인센티브를 많이 주지 않았기에 직원들도 굳이 무리할 이유는 없었다.

그러니 지금 아이들과 노닥거리는 여유가 생기는 것이다.

"경미와 수정이는 할 만하니?"

"네."

말을 하면서도 어두운 얼굴을 보니 기성 가수들이 버티고 있는 가요계에 입성하기 쉽지 않은가 보다.

확실히 사랑에 빠진 딸기에는 나미라는 절대적 가창력을 가진 아이가 있는 데 반해, 수정이와 경미는 상대적으로 보컬이 조금 약했다.

2007년에 데뷔한 소녀걸스와 원더시대라는 거대한 벽이 있으니 쉽지 않은 모양이었다.

요즘 남자 가수는 북방신기나 AA501이 인기였다. 바야흐로 아이돌 전성시대가 시작된 것이다.

우리는 가수가 4명이지만 숫자로만 본다면 소녀걸스의 반도 안 되는 숫자였다.

게다가 딸기나 샤방이는 댄스 가수가 아니니 입지를 굳히는 데 시간이 걸릴 터였다.

작년에 마이유가 데뷔했지만 그녀도 그다지 빛을 보지 못했다. 하지만 미래에는 국민 여동생이라는 말을 들을 정도로 사랑받을 것이기에 굳이 댄스 가수를 하라고 권하지 않았다.

아이들의 가창력에는 그다지 문제가 없었다.

문제는 곡이었다.

거대 기획사가 좋은 노래를 만드는 작곡가를 선점하고 있었고 SN 엔터테인먼트는 단지 위탁 관리만 했기에 적극적으로 나서지 않아 아이들이 기대하는 만큼 인기를 못 얻고 있었다.

"사무실이 만들어지면 조금 나아질 거야. 여전히 내가 너희에게 신경은 못 쓰겠지만 대신 좋은 매니저를 고용해 최고의 곡들을 부르게 해줄게. 그래도 너희 4명은 나름대로 지명도를 얻었으니 천천히 생각하도록 해라. 내가 너희에게 요즘 인기 있는 댄스 가수 하라고 강요하지 않는 이유는, 흠, 나이 들면 무척 고생할 것이 틀림없기 때문이야."

"네? 그게 무슨 말이에요?"

진미가 사이다를 마시려다가 깜짝 놀라 물었다.

"사람의 관절은 너무 혹독하게 다루면 고장 나게 되어 있어. 브레이크 댄스 같은 것은 더 그렇고. 물론 유명 기획사이니 나름의 보호 조치를 해놓았겠지만, 젊을 때는 괜찮아도 나이가 들면 반드시 부작용이 드러나게 되어 있지. 운동선수들 중에 나이 들어 병으로 고생하는 사람들이 많은 것도 그 이유야. 몸매 생각한다고 굶고 그러다가 나중에 엄청 고생한다. 그리고 내 생각엔 댄스 가수는 30살 정도까지 활동할 수 있지 않을까 싶어. 하지만 이미자 씨나 패티 김 같은 분은 나이가 많아도 활동을 꾸준히 하니까. 처음에는 느리게 보일지 몰라도 가창력으로 밀고 가는 편이 오히려 오래갈 수 있다는 뜻이지. 가수는 평생 직업이 되어야지, 젊을 때 반짝 번 것으로 평생 먹고살려는 생각은 건전하지 못해. 물론 젊을 때 부자가 되면 좋긴 하겠지만. 그건 그렇고 효주와 미숙이는 어떠니?"

내 말에 효주가 활짝 웃으며 대답했다.

"저희도 잘하고 있어요. 아직 방송 데뷔는 못했지만 원장 선생님이 저희 연기 많이 나아졌다고 하셨어요."

"그러면 다행이고."

"정말이에요!"

"알았다니까."

미숙이가 발끈해서 소리를 질러 나도 큰 목소리로 대답했다.

미숙이와 효주의 데뷔는 아직 정확한 일정이 잡히지 않았지만, 지금은 미숙이도 간간이 광고를 찍고 있었기에 조급함은 그다지 보이지 않고 있었다.

효주는 지난달에 처음으로 TV 방송용 CF를 찍었다.

주연은 아니었고 조연으로 출연하였는데 반응이 무척이나 좋았다.

효주는 그녀가 가진 절대적인 아름다운 외모 때문에 CF 광고로 먼저 사람들에게 알려질 것 같았다.

이렇게 놓고 보니 아이들은 하나하나 모두 나무랄 데가 없는데 숫자가 너무 적었다.

애초에 연예 기획사를 하겠다고 만든 것이 아니었는데 막상 신경을 쓰려고 하니 단점들이 많이 보이기 시작했다.

아이들과 헤어져 돌아오는데 집 근처에 진을 치고 있는 기자들이 보였다.

그 모습에 이사를 가야겠다는 결심을 하게 되었다.

언론에 드러나지 않았다면 몰라도 이제 예전 같이 소탈하게 살기는 힘들 것이었다.

이 주일 후 우리 가족은 한남동으로 이사를 가게 되었다.

이전의 집도 좋았지만 신분이 노출된 상태라 경호상의 문제가 있어 결국 부자들이 모여 사는 동네에 입성하게 되었다.

이곳으로 이사를 오니 그 집이 그 집 같아서 좋았다.

경호원을 많이 채용하다 보니 운전도 이제는 내가 하지 않게 되었다.

게다가 아버지가 사 주셨던 BMW520은 이제 사용할 수 없었다. 경호상의 문제로 한 단계 높은 차를 권했기에 남들 다 타고 다니는 벤츠로 업그레이드하였다.

아버지와 어머니는 정든 빌라를 떠나는 것을 아쉬워하셨지만 새집에 넓은 정원이 있었기에 만족하셨다.

신이 난 것은 다름 아닌 엘리스였다.

이제는 따로 운동을 시키려 굳이 아침마다 운동장에 나갈 필요가 없어진 것이다.

그냥 낮에 정원에 풀어놓으면 자기가 알아서 뛰어다닐 테니까. 이사를 한 것은 기뻤지만 조금은 기분이 좋지 않았다.

떠밀리다시피 집을 옮겨야 했으니 말이다.

그런데 희한한 점은 이곳으로 이사 오자 그토록 북적이던 기자들이 모두 사라졌다는 것이다.

이 동네에 정관계 고위직이 많이 산다고 하더니 그 덕을 톡톡히 보는 듯했다.

나는 여전히 커피숍에 들려 글을 쓰고, 동원산업에 출근하여 사업 B팀을 지휘하였다.

그리고 영대자동차로부터 주주 총회에 참석하라는 초정장이 날아들었다.

가지고 있는 주식은 제법 되었지만 기준일이 지난 다음에 매입한 것이라 실제 권리를 행사할 수 있는 주식은 몇 주 안 되었다.

그래도 호기심이 생겨 3월 13일에 아침을 일찍 먹고 길을 나섰다.

이전부터 상당한 주식을 가지고 있었지만 주주 총회에 참석해 본 적은 한 번도 없었다.

처음 주식을 할 때는 그런 것에 아예 관심도 없었고, 큰돈을 투자할 때는 미국의 애플과 구글, 그리고 아마존의 주식을 매입했기 때문이다.

애플과 구글의 주식을 사고 남은 돈을 국내 주식에 투자하기 시작한 게 바로 올해였다.

나는 처음 참여하는 주주 총회에 어느 정도 기대를 가지고 회의장으로 향하였다.

주주 총회가 참석하는 장소에 이르니 직원들이 어떻게 왔냐고 물어보았다.

'당연히 주주 총회에 참석하기 위해서지.'

사람이 워낙 많은 데다 정장을 입지 않고 가벼운 카디건 하나만 걸치고 왔더니 저리로 가란다.

직원이 가리킨 곳으로 가니 회의장 맨 뒷자리다. 주위에는 나와 같은 소액주주들이 제법 되었다.

경호원은 건물 안에 들어오면서 단 한 명만 따라왔고 또 나와 상당한 거리를 두고 있었기에 알아보는 사람은 없었다.

설마 한국 최고의 부자가 영대자동차 주주 총회에 참석할 줄은 생각도 못 한 것이다.

그리고 이렇게 뒷자리에 배정받았으리라고는 상상도 하지

못할 터였다.

몇몇 사람이 나를 보고 고개를 갸웃거리기는 했지만 말을 걸지는 않았다.

개회사가 짧게 있고 회사 측 사람이 나와 인사말을 하고 난 뒤 실적 발표가 있었다.

그 후 안건 결의를 하는 시간이 되었는데, 이건 뭐 번갯불에 콩 구워 먹는 격이었다.

발언은 대부분 회사 측 인사가 하거나 우호적인 사람들에게 주어져 안건들은 후다닥 통과되어 넘어가 버렸다.

이건 뭐지, 하는 생각이 드는데 옆자리에 앉은 사람이 소리쳤다.

"시발, 올해도 이러네. 주주로서 한마디 하려고 왔더니."

"작년에도 이랬습니까?"

"그렇습니다. 한국에 상장된 대부분의 기업은 짜고 치는 고스톱입니다."

"아."

옆 사람에게 정보를 듣자 약간 실망스런 마음이 들었다.

실적 보고도 종이 한 장 나눠 주고 이만큼 벌었다는 말 외에는 없었다.

돈이 필요하여 주식 시장에서 끌어다 쓴 놈들치고는 너무 예의가 없어 보여 화났었는데, 영대자동차만 그런 것이 아닌 모양이었다.

무시를 받으니 약간 오기가 생겼다.

이런저런 생각을 하는 동안 주주 총회는 끝나 버렸다.

뭐 이런 주주 총회가 다 있단 말인가?

나도 몇 번 손을 들었지만 끝내 무시를 당했다.

사회자가 이쪽은 아예 보지도 않았다.

맨 앞자리에 앉은 대주주와 회사 관계자들로 보이는 사람들에 의해 일방적으로 끝나 버렸다.

미국의 기업들은 주주 총회를 굉장히 중요하게 여겨 주주 총회에서 파티를 여는 기업도 간혹 있었다.

사람들을 거의 만나지 않고 언제나 집에 처박혀 있는 버핏도 그날만큼은 주주 총회장 자리에 나와 주주들과 어울리며 자신의 경영 철학을 이야기해 준다.

스타벅스 역시 주주 총회를 하기 전 쇼도 보여주고 커피와 다과를 베푼다.

그리고 CEO인 하워드 슐츠가 나와 주주들이 궁금해하는 질문에 친절하게 답해준다.

그런데 영대자동차의 회장은 아예 회의장에 나오지도 않았고 정신없이 진행되더니 그것으로 끝이었다.

뭔가 무시당한 느낌이 드는 것은 어쩔 수가 없었다.

아무리 자본주의 논리로 소액 주주들이 무시당한다 해도,

그것은 어디까지나 투표와 같은 상황에 해당되는 것이었다.

안건 토의와 같은 시간에는 동등한 권리를 부여받아야 하지 않는가?

괘씸했다.

우리나라에서 만드는 자동차는 강판도 도색도, 하다못해 AS 기간도 해외에 수출되는 자동차와 다른데 차의 가격은 오히려 더 비싸다.

시장이 좁다는 이유만으로는 이해할 수 없는 처사였다.

국내에서 고객이 예탁한 금액이 이제는 1조가 넘어갔다.

이것을 어디에 투자해야 할지 몰라 고민하고 있었는데, 모조리 영대차를 사는 데 쓰기로 했다.

사다 보니 주가가 지나치게 오르는 것 같아 같은 계열사 기안자동차를 샀다.

미래에 삼영전자만큼이나 잘나갔던 기업이 영대자동차다.

뭐 사서 손해를 보지는 않을 테니.

기안자동차의 주가는 너무 쌌다.

영대자동차로 인수된 후 기안자동차는 실적이 엄청나게 좋아졌었다.

그럼에도 불구하고 작년 금융 위기를 맞이해 한국 기업들의 주가도 반 토막이 났었다.

의외였다.

이렇게 주식이 쌀 줄은 몰랐던 것이다.

그래 봐야 기안자동차는 시가 총액이 3조 조금 넘는다.

국내 기업에 큰돈을 투자할 만한 회사는 삼영전자 정도인데 이것은 무거워서 가격 변동이 별로 없는 게 문제였다.

결국 국내 투자를 하게 될 경우는 여러 기업에 분산 투자를 해야 한다는 점이었다.

국내 투자를 할 경우 더 많은 사람을 고용하여 그들의 도움을 받아야 된다는 말이었다.

마침 주식 시장이 상승으로 돌아서고 있을 때 국내 투자를 대대적으로 하게 되어 주가 상승에 불을 지폈다.

가능한 내가 매입하는 것을 다른 사람들이 눈치채지 않게 하려고 했음에도, 너무 일찍 알아차린 사람들이 있어 저점매수가 힘들어졌다.

반 정도의 주식을 저점매수하고 나서 일정 금액 이하는 무조건 매입했다.

어차피 일시적인 국제 금융 위기의 영향으로 반 토막 난 주가니 오르는 가격에 사도 별 상관은 없었다.

드디어 영대자동차를 7%, 기안자동차는 무려 13%나 매입하였다.

증권 거래소에 매수한 것을 신고하자마자 두 회사에서 전화가 오기 시작했다.

주주들의 말은 들으려 하지도 않던 무례한 기업이 자기들의 경영권 방어에 지장이 생길 것 같으니 매달려왔다.

영대자동차는 오너 일가의 지분이 20% 정도다.

4.2%를 소유한 국민연금 공단이 재작년 지금의 정망성 회장의 연임을 반대했었는데, 정작 그들 대표들은 주주 총회에 나오지도 않았다.

20%를 가진 회장 일가의 지분을 이길 수 없으니 포기하고 불참한 것이었다.

나는 만나자는 그들의 말을 거절하고 꾸준히 지분을 늘려갔다.

그러자 영대 차에 대한 적대적 M&A 소문이 증권가 찌라시에서 돌며 주가가 폭등하기 시작했다.

적대적 M&A가 시작되면 회사와 오너 일가는 경영권을 보호하기 위해 주식을 사 모을 수밖에 없다.

그러면 당연히 주가가 오를 것이라 생각한 사람들이 주식을 사는 것이다.

그리고 사람들의 이런 생각은 맞아떨어졌다.

회사가 자사주를 매입하겠다고 공시한 것이다.

그러자 조정 기미를 보이고 있던 주식이 다시 요동을 치기 시작했다.

나야 뭐 어찌 되어도 좋았다.

동원산업이 내게 맡긴 4천억도 두 회사를 사는 데 모두 투자했다.

끝없는 총알이 있으니 나야 아쉬울 것 없었다.

게다가 두 회사의 미래 실적을 알고 있었기에 겁낼 것도 없었다.

그리고 매입이 어느 정도 마무리되는 시점에서 동원산업의 회사 대변인으로 하여금 성명서를 발표하도록 했다.

그 내용은 다음과 같았다.

동원산업 김이열 상무이사가 이번에 매입한 국내 주식은 대기업의 사회 정의를 실현하기 위한 의도로, 다음과 같은 조치가 이루어지지 않으면 적대적 기업 인수 및 제삼자 매각도 고려할 수 있다. 국내 하청 업체에 매년 원가 절감을 요구하여 납품가를 깎는 일은 즉각 중단해야 하며, 중소기업이 경쟁력을 발휘할 수 있도록 기술을 제공해야 한다. 또한 국내 자동차 판매가가 미국과 차이가 크지 않아야 한다. 제공되는 서비스와 강판의 두께는 미국으로 수출되는 차와 같아야 한다.

단 한 장의 팩스였지만 온 나라가 발칵 뒤집어졌다.

그동안 온 국민이 속으로만 끙끙거리던 것을 대신 말해주니 대부분 환영 일색이었다.

여론이 불리해진 영대 차와 기안자동차는 온갖 곳에 로비를 하기 시작했지만 별 소용이 없었다.

물론 우회적으로 잘 봐달라는 이야기는 있었지만 감히 압력 따위는 있지도 않았다.

영대자동차의 정망성 회장이 급기야 집으로까지 찾아왔다.

중후한 인상을 가진 그에게서 불도저처럼 밀고 나갔던 고 정우영 회장의 모습이 보였다.

"이렇게 뵙게 되어 반갑습니다."

70이 넘은 그가 이렇게 정중하게 나오자 나도 별수 없이 대우해 줄 수밖에 없었다.

아무리 욕먹을 짓을 했어도 영대자동차를 세계적인 기업으로 만든 사람이니 그 점은 존중은 해줘야 했다.

"어떻게 오셨습니까?"

"하하하! 김 사장님에게 잘 보이려고 왔지, 별다른 이유야 있겠습니까?"

"아, 회사의 대변인이 발표한 대로 해주시면 저는 아무런 이의를 제기하지 않겠습니다."

"하하하, 지금 저희 영대자동차 그룹이 야심차게 계획하고 있는 것이 있어요. 아시다시피 자동차 산업은 앞으로 세계 3위 안에 들지 못하면 살아남기 힘듭니다. 도요타 자동차도 원가 절감을 지나치게 하다 불량 카펫 때문에 주저앉지 않았습니까?"

"그건 그렇지요."

세계를 제패할 것으로 보였던 도요타의 몰락은 순식간이었다.

저렴한 원가로 만든 자동차 시트가 말려 올라가면서 액셀러레이터를 눌러, 운전자가 자동차를 컨트롤하지 못하게 되며 사망자가 속출했다.

"무엇을 원하십니까?"

"영대자동차는 독과점입니다. 좋지 않은 구조죠. 영대자동차가 그 안에 안주하려 하지 않은 것은 다행히 존경받을 행동입니다. 하지만 그 많은 이익이 소비자의 어쩔 수 없는 선택으로 이루어진 것이기에 이는 부당하다고 할 수 있습니다. 원자재 가격의 상승을 생각해도, 국내 자동차 가격의 상승률은 너무 심합니다."

"하지만 우리는 이윤을 추구하는 기업입니다. 벌 수 있을 때 벌지 않으면 어떤 일이 발생할지 모르지요. 선처를 부탁드립니다."

대기업 회장이 거의 무릎이라도 꿇을 것 같은 표정으로 이야기하자 마음이 약해졌다.

'이를 어쩐다?

집으로까지 찾아올 줄은 몰랐다.

그렇다고 그냥 맥없이 물러날 수도 없었다.

이미 각 언론사에 배포한 내용 때문이라도 그러기 힘들었다.

그전에 찾아왔으면 선택의 폭이 훨씬 더 넓었을 텐데 말이다.

나는 기업 사냥꾼이 아니다.

원래 목적은 이익 실현에 있다. 하지만 조금 성질이 났었다.

혼내주고 싶었다.

이때 부린 못된 심술이 한국 사회에 어떠한 영향을 미칠지 나는 전혀 몰랐다.

나는 그에게 차를 대접하고 정중한 어조로 말했다.

"회장님, 저도 이미 언론에 한 발표가 있어서 좀 곤란합니다. 그전에 찾아오셨다면 몰라도……."

"물론 그것도 압니다."

"그런데 제가 왜 그런 말을 했는지 궁금하지 않으십니까?"

"물론 궁금합니다. 도대체 왜……?"

정망성 회장은 정말 이유가 궁금한지 내 얼굴을 뚫어질 듯 바라보았다.

"얼마 전 영대차의 주주 총회에 참석했었습니다. 제가 투자를 시작한 이래 처음으로 주주 총회에 참석했는데 너무나 큰 충격을 받았습니다."

"아니, 왜요?"

"저는 거기서 모욕을 받았습니다. 이건 뭐 귀찮은 거지 취급을 하더군요. 제가 주식을 구입한 시기가 올해부터라, 기준일을 적용하면 얼마 안 되는 주식을 가진 것은 사실이었습니다. 하지만 어떻게 그런 대우를 하는지 상당한 충격을 받았습니다. 주식 투자를 하는 사람으로서 모욕감까지 느꼈으니까요. 그런 식으로 하시려면 영대자동차의 상장을 폐지하십시오."

"그게 무슨! …말인가?"

정망성 회장은 순간적으로 소리를 높였다 죽였다. 명백하게 화가 난 듯 보였다.

"단순히 이자 없는 돈을 차용하기 위해 주식 시장에 상장한 것이라면 그런 회사는 상장 폐지를 해야 합니다. 주주들은 회사의 주인입니다. 그런 푸대접을 받을 이유가 없습니다. 그리고 죄송하지만 그날 저는 안타깝게도 회장님의 얼굴을 뵙지 못한 것 같습니다."

"그날은 무척 바쁜 일이 있었지요."

"주주 총회보다 더 중요한 일은 없다고 봅니다. 워렌 버핏이나 래리 페이지, 하워드 슐츠, 그리고 빌 게이츠 등 평상시

보기 힘든 사람들도 주주 총회는 꼭 나옵니다. 주주들을 자신들과 동일한 회사의 주인이라고 보기 때문이죠. 하지만 한국의 기업가들은 귀찮은 빚쟁이 취급을 하지요. 제가 지분이 작아 무시를 당한 것이라면, 지분을 늘려 저를 그렇게 만든 회사를 없애 버리든지 아니면 회사의 대표를 바꿔 버려야죠."

"…그건 너무 과합니다. 물론 회사의 잘못은 인정합니다. 그런데 그것은 우리나라의 대부분의 기업이 저지르는 실수입니다. 그러니 그 점을 참작해 주시오."

장사꾼은 무섭다고 하더니, 칠순의 그가 삼십대 중반의 나에게 고개를 숙이고 들어온다.

그 모습에 절대 쉽게 보아서는 안 될 것이라는 생각이 들었다.

하긴, 남들이 가지지 못한 대단한 무언가가 있으니 회사를 이렇게 키웠겠지.

일단은 그를 존중하고 싶었다.

"좋습니다. 바쁘신 회장님이 제 집까지 찾아오셨으니 빈손으로 돌아가시게 할 수는 없지요. 그러나 회사도 제 체면을 조금 생각해 주셨으면 합니다."

"그야 물론이지요."

"그러면 말씀드리겠습니다. 첫째, 하청 업체의 부품 단가는 매년 국내 물가 지수에 상응하는 만큼 올려 주십시오. 둘째, 생산되는 자동차의 안전 기준을 유럽의 것에 준하여 주시기 바랍니다."

"그렇게 되면 생산 원가가 많이 올라갑니다."

"바로 그것입니다. 그만큼 직원들의 생산성을 올려야 합니다. 제가 볼 때 한국 기업의 생산성은 너무 형편없습니다. 그리고 정 회장님, 저는 개인적으로 영대자동차의 국내 점유율을 적어도 5년 내에 10% 떨어뜨릴 수 있는 방안도 가지고 있습니다."

"어떻게……?"

그는 눈이 커지고 입이 벌어진 채 한동안 말을 하지 못했다.

영대자동차가 내수 시장에서 절대적인 강자의 자리를 차지하고 있었으나 요즘은 다른 경쟁 업체가 선전하고 있는 중이었다.

특히 삼송나노 자동차도 규모만 작을 뿐이지, 한 해도 거르지 않고 매년 시장 점유율을 확장하고 있었다.

"국내적으로 보면 영대자동차가 좋은 차임에는 틀림없습니다. 하지만 이제 외제차도 별로 비싸지도 않습니다. 관세를 내고 들어왔는데도 말이죠. 그럼에도 사람들이 영대자동차를 사는 이유는 단 하나, AS 때문이지요. 수입차는 수리비가 너무 많이 나온다는 겁니다. 제가 AS 공장을 세워 국산 자동차와 수리비를 엇비슷하게 만들어 놓는다면 어떻게 되겠습니까? 지금도 영대자동차에 불만을 가진 고객이 많은데, 영대차보다 수입차를 사지 않겠습니까? 저는 1년에 1조 정도의 손실은 개인적으로 감당할 수 있습니다. 그런데 제 생각에 적자 규모가 그리 크지는 않을 것이고, 시간이 지나면 오히려 이익이 나리라 봅니다."

"끙."

그는 내가 이런 말을 할 줄 전혀 예상 못한 듯 한숨을 내쉬었다.

그도 영대자동차에 국민들이 불만을 가지고 있는 불만을 알고 있으리라.

모르면 바보다.

"하지만 김 사장님은 투자가 아닙니까? 이익이 되지 않는 곳에 돈을 사용하지는 않으시겠죠."

"그래서 저도 고민이 되긴 합니다."

"후, 졌습니다. 김 사장님의 말대로 하지요."

"감사합니다."

"그러면 주식은?"

"약속만 이행한다면 회장님의 우호 지분이 되겠지요."

"허허허. 뭐, 잘 해결되었지만 머리가 무겁습니다."

그는 이야기가 끝났음에도 자리에서 일어나지 않고, 앞으로 자신이 어떻게 사업을 할 것인지 이야기하기 시작했다.

영대자동차를 세계 일류 기업으로 만들고 말겠다는 굳은 의지와 열정을 보여주는 그를 보며, 영대자동차에 가졌던 악감정이 약간은 줄어들었다.

그가 이런 것을 의도하고 행동한 거라면 그 의도는 성공이었다.

나는 수익을 바라보는 전문 투자자이니 감정대로만 할 수는 없었다.

국민들이 가지고 있는 영대자동차에 대한 배신감이나 불만을 그냥 둔다면 장기적으로 더 큰 악영향을 끼칠 것이다.

FTA가 체결되어 수입 자동차가 이전보다 많이 들어오게 되면, 분명 수리와 서비스 비용도 낮아질 것이다.

그날부터 영대자동차의 시장 점유율은 상당 부분 잠식당할 것이다.

정망성 회장의 말을 들어주는 이유는 한꺼번에 항복시키는 것이 좋은 방법은 아니기 때문이다.

이렇게 치밀한 사람에게 원한을 가지게 하는 것은 왠지 뒤끝이 좋지 않을 듯했다.

*   *   *

일주일 후, 영대자동차와 기안자동차는 회사의 발전을 위한 '미래 혁신안'을 발표했다.

내가 말한 내용을 그대로 수용해 혁신안으로 포장하여 발표한 것이다.

신문과 TV 매체에서 이 일을 대대적으로 방송하기 시작했다.

일의 발단과 과정, 그리고 결과에 이르기까지 세밀하게 취재했다.

그리고 상장 회사의 아킬레스건은 바로 소유하고 있는 주식의 지분이라는 점이 드러났다.

영대자동차가 항복할 수밖에 없던 이유는 7.4%에 이르는 나의 지분율과 앞으로 얼마든지 추가로 매입할 수 있는 총알의 무궁무진함 때문이었다.

단일 기업으로는 재계 서열 2위의 영대자동차가 무릎을 꿇게 된 배경이 무성의한 주주 총회 때문임이 언론에 보도되었다.

다른 회사들도 너나할 것 없이 '앗, 뜨거워라' 했다.

대한민국에서 주주 총회를 제대로 하는 곳이 거의 없다시피 하였으니 자신들이 안 걸린다는 보장이 없었다.

영대자동차가 굴복하자 재계는 큰 충격을 받았다.

정재계를 아우르는 서열 2위 회장이 무릎을 꿇는 일은 상상도 할 수 없었다.

그래서인지 대기업마다 앞다투어 혁신 프로그램을 발표하기 시작했다.

그래 봤자 눈 가리고 아웅 하는 일이었지만 안 하는 것보다야 훨씬 나았다.

이쯤에서 나는 호흡 조절을 할 필요가 있었다.

이유 없이 적을 많이 만들 필요가 없었기 때문이다.

이미 세상에 드러났으니 이전보다 훨씬 더 몸을 사려야 했다.

나에게는 사랑하는 가족들이 있으니 슈퍼맨처럼 대책 없는 활동은 불가능했다.

기업들과 연결된 조폭이 하나둘이 아니라는 것을 알고 있는 상태에서 가만히 있는 그들을 자극할 필요는 없었다.

태산을 향해 이제 한 걸음을 떼었는데 첫술에 배부르려고 하면 그것은 도둑놈 심보였다.

사회가 변화하는 데에는 시간이 필요한 법이다.

혁명이 실패하는 단 하나의 이유는 혁명가들의 이상이 허황되어서가 아니라, 그들이 사회가 변화하는 시간을 기다리지 못하기 때문이다.

원래 돌을 던지면 호수의 표면은 파문이 일게 마련이다.

돌은 가만히 있어도 주변이 저절로 움직인다.

대한민국 최고의 부자라는 무게가 주는 중압감은 가만히 있어도 사람들이 알아서 움직이게 만드는 힘이 있나 보다.

눈을 처음 만들어 굴릴 때는 시간이 많이 걸리지만 일정한 크기 이상이 되면 그때부터는 기하급수적으로 커지고 시간이 단축된다.

그리고 어느 순간이 되면 혼자의 힘으로는 굴릴 수 없다.

여러 사람이 힘을 모아야 눈덩이를 굴린다.

이것은 시간이 지날수록 회사를 운영하기 위해 더 많은 동료들이 필요하게 된다는 말이다.

정망성 회장은 과연 대단한 사람이었다.

이후에 다시 찾아와 위탁 투자를 하고 싶다는 뜻을 밝혔다.

아마 줄어들 영업 이익에 대비하여 투자 수익으로 그 자리를 메울 생각인 듯했다.

직접 자사주를 매입하는 편이 수익 면에 있어서 낮지 않느냐고 묻자 고개를 흔들었다.

"현금 자산을 그렇게 사용하면 외국인 주주들이 반대할 겁니다. 그들은 올라가는 주식도 신경 쓰지만 배당금도 매우 중요하게 생각하니까요. 자사주 매입을 하면 단기적으로 이익금이 줄어들어 배당금이 작아질 수밖에 없습니다. 그들이 원하는 바는 아니지요. 하지만 김 사장에게 자금을 위탁하면 아마 매우 좋아할 것입니다."

"뭐, 그런 면이 없지 않겠군요."

"그럼 얼마나 맡기실 생각이십니까?"

"6천억 정도 맡길 생각입니다. 다만 우리 회사가 맡기는 돈으로 구입한 주식은 회사의 소유로 해주시기 바랍니다."

"흠, 매매 대행만 원하시는군요."

"그렇습니다."

"어려울 것 없지요."

잠재적인 적을 우군으로 만들고 회사의 수익을 더 높이려는 방법은 괜찮은 전략이라는 생각에 절로 고개가 끄덕여졌다.

외국인 주주들도 대한민국 최고의 부자에게 돈을 맡겼다면 반대 못할 것이었다.

정확히는 기억 안 나지만 영대차는 작년에 7조에서 8조 가까운 현금을 보유하고 있었다.

글로벌 경제 위기 이후에 각 기업은 언제든지 사용할 수 있는 현금 자산을 선호하였다.

영대차로부터 자금을 넘겨받자마자 조용하게 주식을 매입했다.

영대차뿐 아니라 기안자동차 주식도 매입하였다.

자사주 매입이나 마찬가지인데 눈 가리고 아웅 하는 것이었다.

나야 거절할 이유가 없었다. 다만 수수료가 조금 저렴했다.

수익금의 15%를 내가 가지기로 했다.

이미 다른 고객들의 수수료도 20%까지 내려왔기에 큰 문제는 되지 않았다.

이러한 내용이 공시되자마자 영대차의 주가는 폭등하기 시작했다.

동원산업의 예가 있으니 보나마나 투자 수익금이 상당할 것이라는 예상이 가능했기 때문이다.

11장 생
앤드류

모두 잠든 밤에 나는 정원을 산책했다.

잔디 위를 걷자 사박거리는 발걸음 소리가 주변의 정적을 깨웠다.

의도하지 않았는데 어쩌다 정체가 발각되어 원하지 않는 부자 흉내를 내고 있다.

이것은 내가 원하는 삶이 아니었다.

나는 이렇게 남들이 경이로운 눈으로 바라볼 정도로 대단한 사람이 아니었다.

어쩌다 운이 좋아 과거로 돌아왔고 주식으로 큰돈을 벌었다.

이것이 다다.

이게 뭐 대단하다는 말인가?

호화로운 저택의 잘 정리된 아름다운 정원은 고요했다.

이전에 살던 집은 사람들의 왁작거리는 소리가 골목길을 통해 간간이 들려왔었다.

그런데 이곳은 마치 사람이 살지 않는 곳처럼 조용한 것이 을씨년스럽기까지 하였다.

조용한 정원에 장시간 있다 보니 나는 누구인가, 지금의 내가 나일까, 하는 의문이 슬며시 들었다.

지금의 내 모습이 너무나 낯설었다.

원래부터 재벌가에 태어났다면 지금의 모습이 자연스럽겠지만 왠지 잘 맞지 않는 옷을 주워 입은 것처럼 어색하기만 했다.

그래도 시간이 지나면 사람들이 놀라고 부러워하며, 해주는 대우에 익숙해지겠지.

문제는 그런 삶이 별로 내키지 않았다.

어떻게든 흘러가겠지. 그리고 나도 변화할 것이다.

좋은 쪽으로 변화되기를 마음속으로 소원했다.

밤하늘을 바라보니 짙은 어둠 속에 별들이 희미하게 박혀 있다.

도시 속에 있는 별은 아름답지도, 선명하게 빛을 발하지도 못한다.

별은 지금의 내 마음처럼 어딘가 상처를 입은 듯했다.

그렇게 새벽까지 밤을 새우다 방으로 돌아왔다.

자고 있는 딸아이들의 새근거리는 숨소리를 들으며 나도 잠에 빠져들었다.

내일은 조금 다른 날이 되었으면 좋겠다고 생각하면서.

*　　　*　　　*

기획사 아이들을 위한 공간이 완성되었다는 말을 듣고 사무실로 가보니 인테리어가 깔끔했다.

100평 공간이 사무실과 연습실로 구분되어 있었다.

자신들을 위한 작은 공간과 책상이 주어지자 아이들은 마냥 신이 났다.

딸기가 활동 막바지에 있었고 샤방이는 휴식기, 효주와 미숙이는 데뷔도 안 했기에 모두 한자리에 모일 수 있었다.

"완전 엄청난 부자 오빠, 사무실 오픈한 기념으로 우리 밥 좀 사줘요."

"……?"

"아잉, 배고프단 말이에요."

"네 뱃속에 거지가 세 명은 살고 있는 거 아니니?"

"아하하하, 제가 좀 위대해요."

"자랑이다."

"혹시 열심히 먹고 살도 안 찌는 축복받은 이 몸을 부러워하시는 것은 아니죠?"

한마디도 지지 않는 나미를 보며 어쩔 수 없이 밥을 사줬다.

한창 자라나는 시기의 소녀가 먹고 싶다는데 사줘야지 어쩌겠는가?

아이들 매니저에게 식사를 거르지 않게 해달라고 부탁하고 난 뒤 기꺼운 마음으로 밥을 사줬다.

밥을 먹고 사무실로 돌아와 실장으로 임명된 장성찬 씨의 보고를 받았다.

역시나 작곡가 섭외가 쉽지 않은 모양이었다.

"왜 그렇게 작곡가가 섭외가 안 됩니까?"

"가수가 되려는 사람은 많은데 실력이 검증된 작곡가는 그 수가 많지 않으니 그런 것 같습니다. 작곡가도 될성부른 대형 기획사의 가수들에게 곡을 주려는 경향이 강합니다. 아이돌이 노래를 불러서 떠야 돈을 벌 수 있으니 어쩔 수 없다고 합니다."

"흐음."

장성찬 실장이 난감한 표정으로 고개를 숙였다.

나는 그런 그의 모습에 소형 기획사의 애환을 보는 듯했다.

　"누가 작곡을 잘합니까?"

　"아이돌 노래는 '논현동 강C'가 잘하고, 발라드는 '드라칸 JK'가 잘합니다."

　"이름들이 뭐 그렇습니까?"

　"물론 곡에는 본인의 이름을 쓰는데 평상시에는 그렇게 불러주기를 바라고 있습니다."

　"그럼 우리는 드라칸 JK에게 곡을 받아야겠군요. 곡은 잘 쓰나요?"

　"요즘 뜨는 어지간한 노래는 모두 그가 썼습니다."

　"그래요? 아, 그럼 제가 한번 보자고 해요."

　"사장님이요?"

　"네."

　세 시간 만에 그가 달려왔다.

　그는 짧은 머리에 거대한 체구를 가지고 있었다.

　언뜻 보면 주먹 세계에 속해 있다고 해도 믿을 것 같은 인상이었지만, 자세히 보면 대단히 순한 얼굴이었다.

　이런 사람이 음악을 한다니 조금은 의외였다.

　"이야기 많이 들었습니다. 김이열이라고 합니다."

　"아, 예. 저는 남상욱이라고 합니다."

　드라칸 JK가 자신의 본명을 소개하였다.

약간 상기되어 있는 얼굴로 보아 상당히 긴장을 하고 있는 듯했다.

하긴 상대의 입장에서 보면 영대차를 굴복시킨 대한민국 최고의 부자가 아닌가?

"차는 무엇으로 하겠습니까?"

"아무거나."

"제가 커피집 사장이라 아무래도 만만한 것이 커피인데 괜찮으시겠습니까?"

"네, 좋습니다."

나는 1층 커피숍에 전화를 걸어 아메리카노와 마시기 좋은 커피를 한 잔 가져와 달라고 부탁했다.

잠시 후 송여진 씨가 커피를 가지고 들어왔다.

"사장님, 커피요."

"고마워요."

활짝 웃는 송여진 씨를 본 드라칸 JK의 눈이 커진다.

송여진 씨는 얼마 전 부 지배인인 오윤아 씨가 장인어른의 커피숍으로 완전히 이직했기에 새로 채용한 직원 중 한 명이었다.

외모가 상당히 예뻐 그녀로 인해 손님이 늘어났다는 말이 있을 정도였다.

드라칸 JK가 놀라는 것도 무리는 아니었다.

나는 그 모습을 보며 속으로 웃었다.

송여진 씨가 방을 나가자 아쉬운 표정을 짓는 그를 보며, 은근히 그녀에 대한 정보를 약간 알려 주었다.

뭐, 대단한 것은 아니고 착하고 머리가 영민하며 남자들에게 인기가 많다는 정도를 말해주었다.

그럼에도 불구하고 그의 눈이 빛났다.

"이야기 많이 들었습니다. 뛰어난 작곡가라고."

"아, 네. 사실 그렇지도 않습니다."

송여진 씨가 가져다 준 카푸치노를 마시며 그가 겸손하게 대답했다.

나는 이 사람에 대해 잘 모르지만 선한 사람 같아 보여 이야기를 시작했다.

"저는 연예인이라는 직업을 굉장히 존중합니다. 사람들에게 기쁨을 주는 직업이기 때문입니다. 사람들에게 꿈과 희망을 줄 수 있는 직업은 별로 없으니까요. 그런데 경쟁이 워낙 치열하다 보니, 그것을 이용하는 사람이 많다는 사실이 유감입니다."

"그렇지요."

그도 고개를 끄덕이며 나지막하게 한숨을 내쉬었다. 그런 모습을 보니 이야기가 잘될 것 같았다.

"나미와 진미는 원래 같은 동네에 살던 꼬맹이였습니다.

진미는 언론에 보도된 대로 한때 왕따를 당했었지요. 그때 처음 친구가 되어준 아이가 나미입니다."

드라칸 JK가 아아, 하고 감탄했다.

"나미는 아시다시피 가수 나미의 조카죠. 어느 날 동네에서 만났는데, 가수를 하겠다고 오디션을 보러 간다고 하더군요. 그래서 한번 노래를 불러보라고 했더니 너무 잘 불러서 깜짝 놀랐습니다. 연예계에 그동안 불미스러운 일이 많이 있지 않았습니까? 그래서 나미를 위해 만들어진 회사가 이 기획사입니다. 아이들이 부당한 압력을 받지 않고 꿈을 이룰 수 있기 위해 돕는 것이 목적입니다."

드라칸 JK는 감동했는지 사뭇 진지한 표정으로 내 말을 들었다.

"1층 커피숍은 제가 소설을 쓰기 위해 만든 곳입니다. 알다시피 아내인 현주가 대종상에서 제게 고백을 하는 바람에 직장 생활을 하기가 힘들어졌죠. 그래서 회사를 관두고 시작한 일이 커피숍입니다. 커피숍은 직원들의 일터이자 직원들이 주인입니다. 제 몫으로 들어오는 돈은 통장에 쌓이지만 아직까지 단 1원도 사용하지 않았습니다. 그 돈은 직원들이나 그들의 가족이 병들면 사용되어질 것입니다. 그곳에는 꿈을 가진 사람이 많이 있기 때문입니다. 그리고 이곳도 마찬가지입니다. 아이들이 버는 돈 역시 오직 아이들을 위해 쓰이고

있습니다. 딸기가 활동할 때에도 학교생활에 지장이 가지 않
도록 배려하고 있고요. 어떻습니까? 제가 하는 이 일, 온 국민
에게 기쁨을 줄 수 있는 이 아이들을 함께 키워 보시지 않겠
습니까?"

"…네?"

"우리 아이들에게 곡을 주십시오."

"아아, 저도 그러고 싶지만 나름의 사정이 있어서요."

"다른 기획사와 계약을 하셨나요?"

"그것은 아니지만 대형 기획사의 텃세가 좀 심한 편입니
다. 한두 곡 정도야 안 줄 수 있지만 거래를 끊으면 좀 곤란해
집니다."

"흠, 그러면 이렇게 하죠."

"어떻게요?"

"우리와 전속 계약을 합시다. 계약금과 연봉을 따로 드리
겠습니다. 금액은 업계 관행에 따르고 활동은 자유롭게 하셔
도 됩니다."

"……"

그는 내가 전속 계약을 제의할 줄 예상 못한 듯 잠시 멍하
게 있었다.

"아, 죄송합니다. 잠시… 생각을 해야 해서요."

그의 마음이 조금 움직인 것 같아 나는 더욱 열심히 설명

했다.

"우리 회사는 오직 아이들만 키웁니다. 매니지먼트는 SN 엔터테인먼트가 합니다. 앞으로도 그렇게 할 것입니다. 아이들과 SN 측이 각각 40%를 가져가고 20%만 저희가 가져옵니다. 그 20%로 사무실을 운영하고 직원들 월급을 줍니다. 그리고 나면 남는 것이 하나도 없습니다. 그럼에도 불구하고 이일을 하는 이유는 그만큼 중요하기 때문입니다. 아이들이 연예인들을 선망한다고, 지원자가 많다는 이유만으로 부당한 대우를 받아서는 안 된다고 봅니다."

"물론 그렇죠."

"그리고 말입니다……. 저희와 계약을 하시면 작은 작업실을 하나 만들어 드리겠습니다. 1층에 커피숍이 있으니 원할 땐 언제든지 내려가 맛있는 커피를 마실 수 있지 않겠습니까?"

"그, 그렇죠. 그럼 계약하겠습니다."

송여진 씨를 유심히 보더니 한눈에 반했나 보다.

여진 씨가 착하긴 해도 순진하거나 그런 타입은 아니었다.

오히려 그녀의 앙큼함에 당할 수 있을 정도로 깜찍한 면이 있었다.

좀 걱정이 되긴 했지만 청춘남녀이니 알아서 하겠지, 라는 생각을 했다.

계약서를 작성하고 계약금을 지불했다.

우리 회사 외의 가수에게 곡을 줘서는 안 된다는 조항은 없었기에 계약금 2억에 연봉 1억으로 계약했다.

단, 작곡한 곡에 대한 1순위가 회사 측에 있다고 했으니 문제는 없었다.

아직 방이 준비도 안 되었는데 드라칸 JK는 다음 날부터 나와 커피숍을 얼쩡거렸다. 그 모습을 보니 귀엽다는 생각이 들었다.

'돈도 잘 버는 사람이 저렇게 순진해서 어디 쓰겠나, 휴.'

여진 씨의 밥이나 안 되었으면 다행이라는 생각에 고개를 절레절레 흔들었다.

그래도 한 수가 있는지 멍청한 행동을 하지 않는 것이 그나마 다행이었다.

그러고 보니 둘이 잘 어울릴 것 같기도 했다.

새침데기면서도 착하고 적당히 속물인 그녀가 순진한 예술가와 결혼하면 확 휘어잡고 살 것이다.

저런 타입의 여자와 결혼하면 바람은 꿈도 못 꾸고 술이나 외박도 함부로 못한다.

다만 알뜰하게 살림을 할 터이니 집안은 평화로울 것이다.

자기가 스스로 좋아서 한다는데 말릴 일도 아니었다.

그녀의 청순한 외모에 반하여 매일같이 오는 남자들도 그런 그녀의 내숭은 전혀 생각도 못하는 듯했다.

드라칸 JK가 우리 기획사와 계약했다는 사실이 알려지자 연예계가 술렁거렸다.

그놈의 한국 최고 부자라는 타이틀 때문이었다.

최고의 기획사로 알려진 대형 기획사도 긴장한 채 추이를 지켜보고 있었다.

YM 엔터테인먼트는 북방신기, 소녀걸스 등 한류 아이돌을 보유하고 있는 회사다.

그러고 보니 YM 엔터테인먼트의 주식은 작년 최저가인 770원을 찍고 지금은 2,550원을 기록하고 있었다.

싸도 너무 싸서 조금씩 주워 담았다.

나오는 물량마다 넙죽넙죽 받아먹다 하도 귀찮아서 동원 산업 직원들에게 대신하도록 시켰다.

YM의 주식은 모두 1,600만 주가 발행되었으니 시가 총액이 400억이 조금 넘는 회사였다.

이해가 안 될 정도로 싸서 매입을 하는데 발행 주식 수가 많지 않아 원하는 만큼 사지도 못했다.

한국에서 주식하기 힘든 이유가 이런 거다.

기껏 매입하려고 하니 시가 총액이 형편없고 그나마 물량도 잘 나오지 않는다.

YM 엔터테인먼트를 매입할 때 내 개인 돈으로 시작했기에 주식 취득을 증권 거래소에 알려야 했다.

열심히 주워 담았지만 고작 24.5%를 모았을 뿐이다.

공시가 나가자 주가가 폭등하기 시작했다.

적대적 M&A를 시도한다는 소문에서부터 온갖 추측이 난무하였다.

결국 나는 동원산업의 대변인을 통해 순수한 투자 목적이며 경영에 관심이 없다고 발표했다.

그럼에도 불구하고 주가는 계속 올라갔다.

주가가 오르자 물량이 나오기 시작해 계속 매집을 했다.

어느덧 27%의 지분을 소유할 수 있게 되었다.

그렇게 되자 다시 물량이 자취를 감추었다.

아쉽지만 YM 엔터테인먼트 주식에는 관심을 끊었다.

드라칸 JK가 계약하자 이제 다른 작곡가들도 서로 곡을 주겠다고 연락이 왔다.

내가 YM 엔터테인먼트의 주식을 매입하고 난 후 나타난 현상이었다.

아무리 거대 기획사에 수많은 연예인을 거느리고 있으면 뭐하는가?

주인이 바뀌면 끝 아닌가?

이제는 작곡가들도 거대 기획사의 눈치를 안 보고 곡을 주기 시작했다.

그리고 또 하나, 연예인이 되겠다며 연습생들이 수없이 회사를 찾아왔다.

처음 며칠은 찾아오는 연예인 지망생들을 내가 보았지만 그 수가 많아지자 도저히 그럴 수가 없어 몇 명의 직원을 더 뽑아 일임했다.

내가 개입하지 않게 되자 살짝 염려스러워 입구에서 가장 잘 보이는 곳에 회사 운영 방침을 적어놓게 했다.

회사는 어떠한 경우에도 지원자에게 금품이나 부당한 요구를 하지 않으며, 만약 그런 일이 있으면 커피숍으로 전화를 달라고 했다.

이렇게 해놓지 않으면 어떻게 또 중간에서 부정을 저지를지 모른다.

나는 인간의 양심을 신뢰하지 않았다.

제도가 뒷받침해 주지 않으면 인간은 언제든지 타락할 수 있는 허약한 존재이므로, 문제가 벌어져 얼굴을 붉히며 수습하는 것보다 미리 예방하는 편이 훨씬 더 좋았다.

그래야 사람도 잃지 않고 평판도 나빠지지 않으니까 말이다.

올해는 작년과 달리 금융 시장이 안정되어 주가가 견고하게 오르고 있었다.

중간에서 사고팔기 같은 그런 일은 발생하지 않았다.

다만 오르기 시작할 때 선물을 매수하지 못했다는 점이 조금 아쉬웠다.

그때 개인적으로 이사를 하고 영대차와의 일이 생기는 바람에 타이밍을 놓쳤다.

*   *   *

주식을 사고팔자 할 일이 별로 없었다.

그래서 많은 시간을 가족과 함께 지내며 딸들과 놀아줬다.

가끔씩 동생을 질투하는 유진이를 나무라지 않고 엄마 아빠가 더 많이 유진이를 사랑한다고 말하며 시간이 날 때마다 안아주었다.

그러자 심리적으로 안정을 얻었는지 유진이는 동생을 귀여워하기 시작했다.

그래도 때때로 엄마의 품을 독차지하는 동생이 미운가 보다.

감정을 삭이는 유진이의 눈빛을 보며 많이 성장했음을 느꼈다.

아이들이 겉보기에 어리다고 마냥 그렇게 여겨선 안 되겠다는 생각을 다시 하게 되었다.

비록 작지만 아이도 하나의 독립된 인격체임을 다시 인식

하자 인간에 대한 경외심이 생겼다.

저 작은 육체 안에 담긴 수많은 생각과 감정을 옆에서 지켜보는 것은 부모로서 너무나 큰 축복이었다.

나는 아이들 덕분에 행복해졌다.

사람은 사랑하며 배워야 한다.

삶은 단순한 것이 아니며 사랑이 우리의 삶을 얼마나 윤택하게 만드는지를 잘 알고 있다.

그러나 배움이야말로 가장 위대한 것이다.

배우지 않으면 잘사는 법을 모른다.

배우지 않으면 아름다운 사랑도 할 수 없다.

배움이야말로 인간이 인간다움을 유지하도록 만들어준다.

그리고 나는 딸들의 모습 속에서 인간에 대해 배우고 있다.

인간이 이토록 아름답다는 사실을 말이다.

비록 아비가 자식을 바라보는 편향된 시야라 할지라도 그러했다.

딸이 있어서 행복했다.

전생의 삶에서 민우가 든든한 아들이었다면 지금의 딸들은 정말 사랑스러웠다.

어느 부모가 자기 자식을 귀하게 여기지 않겠는가?

내가 한국 최고의 부자로 세상에 드러난 것을 아쉬워한 이유 중 하나가 딸들 때문이었다.

그냥 잘사는 것과 최고 부자는 다르다.

그것이 딸들의 삶에 어떤 영향을 미칠지 벌써부터 걱정스러웠다.

소심한 마음인지 모르겠지만 인간이란 모르면 그냥 넘어가는 것도 알면 그렇게 되기 쉽지 않다.

내가 존경하는 워렌 버핏 역시 재산을 물려주지 않는다고 했다가 한때 자식들에게 많은 원망을 받지 않았던가?

아버지의 돈을 버는 재주가 너무 탁월하다 보니 아이들의 재능이 제대로 보일 리 없었다.

내가 봐도 나의 딸들이 내 재산을 다 물려받을 수 있으리라고 생각하지 않는다.

그러니 말하지 않으려고 했던 것이다.

감당할 수 없는 재능과 부는 결코 자신의 삶에 유익하지 않다.

히말라야에서 한 번 죽었다 살아 돌아온 나는 대체적으로 이런 것에 초연할 수 있지만, 만약 그런 경험이 없었다면 이 거대한 돈의 무게에 그대로 깔려 압사를 했을 터였다.

초롱초롱 빛나는 딸의 삶에 내 돈이 독이 되지 않게 하기 위해 숨기려고 했는데 래리 페이지가 모두 망쳐 버렸다.

그러나 생각해 보니 언젠가는 밝혀질 문제였다. 개인이 갖고 있기에는 너무 큰돈이었다.

무게 중심을 지키는 것.

마법사의 날카로운 감각이 있어 나는 어려움 없이 삶의 중심을 놓지 않을 수 있었다.

그리고 삶을 두 번이나 산다는 것이 인간에 대한 통찰력을 가지게 만들었다.

평범한 나였다면 그렇게 하지 못했을 것이다.

아들을 죽이고서야 겨우 얻은 평점심이다.

그러니 나는 더 겸손해져야 했다.

12^장

인간의 탐욕

새 집으로 이사를 온 뒤, 현주와 어머니는 바뀐 환경 때문에 한동안 몸살을 앓아야 했다.

웃기게도 내가 엄청난 부자임을 알고 현주가 명품을 사기 시작했다.

그녀는 너무 정신이 없어 자신이 무엇을 하는지조차 모르는 것 같았다.

그리고 시간이 지나자 그녀는 자신이 어떤 일을 했는지 깨달았다.

어느 날 저녁, 한숨을 쉬며 내게 다가와 자기가 산 명품 백과 옷들을 보며 이것을 입고 어떻게 아프리카에 있는 아들딸들을 보러 갈 수 있겠냐고 했다.

그리고 아내는 더 열심히 아이들에게 편지를 쓰기 시작했다.

마치 잘못에 대한 반성을 아프리카에 있는 자식들에 대한 애정으로 바꾸려는 듯했다.

그녀는 이런 면에서 다른 여자들과 달랐다.

여자라면 어느 정도 가지고 있을 적당한 허영심과 사치도 없었다.

그러했기에 톱스타의 신분으로 평범한 나를 사랑할 수 있었을 것이다.

어떤 물고기는 배가 불러도 먹이가 있으면 계속 먹어 배가 터져 죽는다고 한다.

인간의 탐욕은 이보다 더 강하여 많은 것을 요구한다.

가지고 있는 것도 다 쓰지 못하고 죽을 것이면서 말이다.

거대한 저택과 아름다운 정원을 가지고 있지만 실내 가구들은 예전에 쓰던 것들을 그대로 가져와 사용하고 있었다.

때문에 집에 비해 가구는 낡고 초라해 보였다.

더구나 이전의 집보다 배나 넓어 어떤 곳은 이가 빠진 것처럼 썰렁하기도 했다.

현주가 와서 지른 몇 개의 명품 가구를 제외하고는 집의 화려함을 가구들이 감당하지 못했다.

처음에는 이러한 모습이 신경 쓰인다고 하시던 어머니도, 서너 달 넘어가니 적응하셨는지 아무 말씀 없으셨다.

그래서 우리 집은 빈 곳이 많았다.

하지만 마음으로 채웠으리라.

*　　　*　　　*

기획사의 일을 어느 정도 마무리하고 동원산업에 출근했다.

오랜만의 출근이라 반기는 사람이 많았다.

그들과 인사를 하고 나서 자리에 앉으니 바람처럼 가볍던 마음이 조금은 현실로 돌아왔다.

이제 나의 동원산업 주식 지분은 30.8%가 되었다.

나동태 회장을 비롯한 대주주들이 자신들의 몫을 양보하여 8%를 넘겨줬기 때문에 가능한 일이었다.

일단 그들에게 신세를 진 것이었기에 고마운 마음이 들었다.

6월이 되어 긴급 이사회의 의결로 내가 공동 회장직에 선출되었고, 임시 주총에서 승인받았다.

나는 모든 것을 그대로 유지시켰다.

회사는 이제까지 해온 대로 계속할 것이다.

다만 이 회사가 투자 지주 회사로 탈바꿈하게 되는 점이 달랐다.

내가 대한민국 최고의 부자라는 사실이 알려진 후에는 어지간한 안건은 묻지도 않고 이사회에서 통과가 되었다.

사외 이사들을 포함하여 이사들의 반대는 일절 없었다.

그들은 다만 회사가 더욱 발전하여 자신들이 가지고 있는 주식의 가치가 올라가기만을 바랐다.

1만 2천 원 하였던 주식이 지금은 3만 원이나 했다.

액면 분할을 5분의 1로 했기에 실제로는 주당 15만 원이 된 것이다.

열두 배가 넘게 오른 것이다.

당연히 시가 총액도 늘어 재계 서열이 껑충 뛰어올라, 단일 기업으로는 20위권 안에 들게 되었다.

물론 그룹으로 따지면 아직도 맨 뒤에 위치하고 있지만.

나는 공동 회장에 취임하면서 우리는 그동안 해오던 일을 계속할 것이라고 말했다.

다만 이전보다 조금 더 많은 일을 할 것이라고.

그리고 직원들에게 가능하면 가지고 있는 우리 회사의 주식을 팔지 말라고 당부했다.

코카콜라 1주를 가지고 있던 사람이 후에 백만장자가 되었

듯 우리 회사의 주식도 곧 그렇게 될 것이라고 했다.

조금 아쉬운 점은 원래 의도한 51%의 주식을 확보하지 못했다는 것이다.

하지만 이사회는 빠른 시일 안에 유상 증자를 하기로 결의하였다.

나는 개인적으로 운영하던 투자 회사를 정리하고, 동원산업을 투자 지주 회사로 변경하였다.

따라서 투자 신탁 회사처럼 광범위하게 위탁금을 받을 수 있게 되었다.

증권 회사처럼 많은 지점이 필요하지만 우리는 대도시에 한 개씩 총 6개의 지점밖에 만들지 않았다.

위탁금을 늘리기보다 증자를 하여 회사의 규모를 키우는 편이 좋을 것 같았기 때문이다.

마침 주식 시장이 다시 상승하고 있어 신주 발행은 어렵지 않을 터였다.

유동성이 풍부한 요즘, 신주 발행에 성공하지 못한다는 것은 말이 안 되었다.

사실 이번 유상 증자는 자금을 끌어들이려는 목적보다 나의 지분을 늘리려는 속셈이 더 컸다.

아예 신주 발행의 목적 가운데 하나가 대주주의 지분을 늘리기 위해서라고 못을 박아놓았다.

그래서 나에게 배정되는 지분이 5%고, 신주 매수를 포기한 실권주도 제삼자 배정 방식으로 나에게 몰아주기로 한 것이다.

이번에 주식이 발행되면 한동안 지분을 늘리지 않겠다고 하여 혹시라도 나올 불만을 사전에 차단하였다.

그렇게 발행된 주식의 대금은 동원산업의 내부 충당금으로 쌓이게 된다.

그리고 쌓인 자금을 투자하여 더 많은 투자 수익을 올리면 주주들은 더 많은 배당을 받게 될 것이다.

사업 B팀은 해체된 대신 새로 만들어진 자산 관리 부서의 선물 투자 팀으로 바뀌었고 주식 투자 팀이 본격적으로 만들어졌다.

자산 관리부의 인원은 60명이 넘었다.

나는 이 자산 관리부만 신경 쓰고 나머지 부서는 나동태 회장의 지휘하에 기존에 해오던 일을 그대로 해나가기로 했다.

*   *   *

자산 관리부가 만들어진 후 오늘에서야 첫 회의가 시작되었다.

60여 명이 회의장에 모인 가운데 나는 그들에게 주의할 점을 이야기했다.

"우리는 위험한 파생 상품은 다루지 않습니다. 만약 혹시라도 파생 상품에 손을 대는 사람이 있으면 이유를 불문하고 파면입니다. 손실에 대한 책임도 끝까지 물을 것입니다. 우리는 고객의 소중한 돈을 다루어야 합니다. 개인의 욕심이나 호기심에 의해 손해가 발생하면 안 됩니다. 많이 버는 것이 목적이 아니라 손실을 입지 않는 것이 주된 임무입니다. 232년의 역사를 가진 영국의 베어링스 은행이 파산한 것은 릭 리슨이라는 직원이 파생 상품에 불법으로 투자했기 때문입니다. 그러므로 모든 투자는 크로스 체크되며 매달 감사를 받게 될 것입니다. 명심하십시오. 이익을 실현했다 하더라도 파생 상품에 투자했다면 바로 파면입니다. 투자에 대한 각서를 받고 거기에 사인해야 우리 자산 관리부에서 일할 수 있게 될 것입니다. 일반적인 주식 투자나 선물은 손해를 보면 그것으로 끝나지만 선물 옵션을 포함한 파생 상품은 대단히 위험합니다. 잘못하면 회사가 단번에 망합니다. 무슨 말인지 아시겠습니까?"

내 말이 끝나자 박송이 비서가 회의장에 앉아 있는 직원들에게 투자 각서를 나눠 주었다.

"잘 읽어보고 서명하십시오. 서명하지 않는다 하더라도 여러분에게 불이익은 없습니다. 그분들은 원래 일하던 부서로 되돌아가게 될 것입니다."

직원들은 심각한 표정으로 서류를 읽고 서명을 했다.

최종 두 명만이 회의가 끝날 때까지 서명을 못하고 있었다.

나는 그들을 보며 굉장히 위험하다는 생각을 했다.

안전한 투자만 하겠다는 각서에 사인을 하지 않는다는 것은 성향 자체가 공격적이라는 뜻이었다.

유능하더라도 우리 부서에 합당하지 않은 인물이었다.

그러나 그들 역시 회의가 끝날 때쯤 서명을 하였다.

커피를 마시며 직원들의 의견을 들었다.

그들의 말을 듣고 보니 사람들이 얼마나 다양한 생각을 가지고 사는지 알 수 있어서 좋았다.

나는 회의가 끝나자마자 서명하기를 머뭇거린 두 명의 직원을 따로 불렀다.

"남인혁 씨, 아까 보니 서류에 사인하는 것을 꺼려하던데 무슨 이유라도 있습니까?"

그가 약간 놀란 표정을 짓더니 선물 옵션에 관심이 있다는 말과 함께 투자의 책임을 묻는다는 점이 불만이라고 했다.

나는 솔직하게 말해준 것은 고맙지만 우리 부서와 맞지 않음을 확인했다.

나중에 들어온 구진철 씨도 비슷한 성향을 보여 모두 원래의 부서로 돌려보냈다.

위험한 투자를 하면서 책임을 지지 않으려는 자세에 월스트리트의 도덕적 해이를 보는 것 같아 입이 썼다.

파생 상품은 실체가 없는 도박이다.

고객이 맡긴 돈으로 그따위 것에 투자하려는 생각 자체가 정상적인 사람이 아니라는 말이었다.

도박을 즐기려면 자신의 돈으로 해야, 엄한 사람에게 피해를 입히지 않는다.

각각의 부서 팀장을 임명하고, 역할을 분담하여 일을 나눴다.

이미 대부분의 자금은 주식에 투자되어 있었기에 직원들은 기업에 대한 조사에 많은 시간을 투자하기 시작했다.

간혹 회사의 오너가 공금을 빼돌려 해외 부동산을 구입하거나 자식에게 증여하는 정신 나간 사람들이 있기 때문이다.

게다가 엉터리 기업 공시를 해서 사기 치는 회사도 있다. 제법 유명한 회사들도 그런 일을 벌이곤 한다.

집으로 돌아오니 기획사의 장성찬 실장에게 전화가 왔다.

―사장님, 통화가 가능하신가요?

"예, 말씀하세요."

―월요일 저녁 11시에 방송하는 「다음」이라는 프로그램에서 딸기와 샤방이를 출현시켜 달라고 하더군요.

"그래서요?"

―프로그램 자체가 시청률이 높은 데다 상당히 고급입니다. 유명한 연예인은 물론 정치인도 출연합니다. 그런데 사장님이 출연하실 수 있냐고 물어보더군요.

"하아, 그것은 좀 곤란한데요."

―그래도 너무 좋은 기회입니다. 아이들의 인지도로는 출연할 수 없는 프로그램입니다. 잠시만이라도 출연해 주셨으면 어떨까 해서 연락드렸습니다.

이 사람 뭔가?

괜찮은 사람 같았는데 이런 욕심을 부리다니, 순간적으로 화가 벌컥 났다.

"출연하지 않도록 하겠습니다."

―아, 네. 그럼 방송국에 그렇게 말하겠습니다.

말을 하면서도 아쉬운지 목소리가 축축하다.

이런 유혹이 제일 위험하다.

이것만 하면 좋을 텐데, 저것만 하면 좋을 텐데 하다 보면 어느새 발뿐 아니라 몸통까지 잠기게 된다.

처음부터 욕심을 부리는 사람이 어디 있는가?

이것만 하고 다음에는 안 할 거야, 하다가 더 큰일도 저지르게 되는 것이다. 화가 났지만 대놓고 욕하기가 뭐해 참고 있는데 이번에는 나미에게서 전화가 온다.

―오빠, 저희 그 프로그램 나가면 안 돼요?

"어떻게 알았니?"

―실장님이 알려주셨어요.

"왜 장 실장이 그러지? 스케줄 관리는 SN 엔터테인먼트가 하기로 되어 있지 않나?"

─그런데 SN 측에서 너무 좋은 기회라 사장 오빠에게 여쭤
보라고 했다나 봐요.

"끙."

─우리를 위해 나가줘요. 어차피 오빠 얼굴 모르는 사람 없
는데, TV 프로에 한 번 더 나간다고 달라지는 게 있겠어요?

"······."

─아잉, 오빠?

"생각해 보자."

─오빠는 겸손해서 사람들이 오빠를 모른다고 생각하나
본데요, 내 친구들도 오빠 얼굴 잘 알고 있어요.

"알았다니까."

─괜히 신경질이야, 쳇. 어쨌든 나가고 싶어요.

'이게 오냐오냐 해줬더니 아주 나를 뭐 같이 아네.'

갑자기 화가 났다.

내가 지들을 위해 얼마나 많은 투자를 하고 편의를 제공해
줬는데, 고맙다는 소리는 안 하고 괜한 투정이라는 생각이 들
었다.

자신들만으로 출연이 가능하면 하는 거고 아니면 마는 것
이지, 이게 무슨 경우인가?

집으로 돌아와 아이들을 보고 잠자리에 들려는데 현주가

슬며시 등에 기대어온다.

"왜?"

"당신, 무슨 일 있죠?"

"없는데."

"거짓말하지 마세요. 당신 표정이 뭔가 화가 난 것 같던데요."

"아, 아까 장 실장이 딸기와 샤방이가 「다음」에 출연해도 되냐고 묻더군."

"와아, 그 프로그램 굉장히 유명한 거예요."

현주는 고개를 갸웃거렸다.

"그런데 벌써 아이들이 그 프로그램에 나올 만큼 유명해졌나요?"

"옵션으로 내 동반 출연을 걸더군."

"아하, 그래서 화가 나셨군요. 그런데 출연하면 뭐 어때요?"

"난 사람들에게 알려지는 게 싫어."

"풋, 이미 당신 모르는 사람 없어요. 아마 대통령보다 더 유명할 걸요?"

"설마."

"맞아요. 6년 만에 대한민국 최고의 부자가 된 사람의 나이가 35살이라면, 관심을 가질 만하지 않아요?"

"끙."

"여보, 아이들 사랑하잖아요. 당신이 출연해 주면 큰 도움이 될 거예요. 그리고 평소에 당신이 가지고 있는 생각도 말해주면 얼마나 좋아요? 당신, 말도 잘하고 얼굴도 이렇게 근사하잖아요."

속닥이는 아내의 말에 귀가 솔깃했다.

나는 사람들이 나를 잘 모를 것이라고 생각했는데 그게 아닌가 보다. 그렇다면 굳이 몸을 사릴 필요는 없다.

그래, 이참에 고생하는 미숙이와 효주도 방송 타게 해주자.

사람의 마음이라는 게 참으로 간사했다.

아까 장 실장과 나미가 말을 꺼냈을 때는 무척이나 화가 났는데 아내가 이야기하니 '할까?' 하는 생각이 들었다.

다음 날 아침, 장 실장에게 전화를 걸어 방송에 출연하겠다고 하고 나니 나도 모르게 한숨이 절로 나왔다.

「다음」에 출연한다는 말을 한 바로 다음 날, 방송국의 PD로부터 전화가 왔다.

―안녕하세요. MBS의 김진희 피디라고 합니다. 김이열 회장님이 저희 방송에 출연해 주신다고 해서 한번 찾아뵙고 대본을 맞춰 보려 합니다.

"네, 반갑습니다. 그런데 왜 아이들이 출연하는데 제가 나가는 것이지요?"

―저희 프로그램은 명망 있는 인사들도 자주 나오셔서 인

생의 철학을 이야기해 주시곤 하시죠. 대한민국 최고의 부자가 왜 작은 기획사를 운영하는지 궁금했고, 또 성공에 대한 남다른 철학이 있으실 것 같아 연락을 드렸습니다.

이럴 줄 알았다.

방송사가 뭐 할 일이 없어 풋내기 아이들을 한 시간짜리 프로그램에 단독으로 출연시키겠는가?

방송사 측이 나와 접점을 찾다 보니 딸기와 샤방이가 있었을 뿐이었다. 그것도 모르고 장 실장이나 SN 엔터테인먼트가 오버한 것이었다.

'참나, 이거 어쩌지?'

난감했다.

한다고 했으니 별다른 이유 없이 철회하기도 그렇고, 아이들은 자신들이 주인공이라며 잔뜩 기대하고 있을 터인데 말이다.

"일단 커피숍으로 오십시오. 한다고는 했지만 제가 들은 얘기와 좀 다른 거 같아서요. 일단 만나서 이야기를 해봐야겠군요."

─아, 네. 언제 시간이 되시나요?

김진희 피디의 말소리가 조금 조심스러워졌다.

"저는 어느 때나 가능합니다. 그리고 오시기 하루 전에 어떤 내용으로 진행할지 필히 대본을 주셨으면 합니다."

—네, 물론이지요.

전화를 끊고 생각에 잠겼다.

그동안 너무 바빠 연예 기획사에 대해 생각을 정리하지 못했다. 단지 건강하게 자라 꿈을 이루는 아이들의 모습을 보고 싶었을 뿐이다.

그런데 아이들과 회사의 직원은 생각이 다른 듯했다.

만약 사업이 된다면 나는 아이들에 대한 지원을 철회할 것이다.

나는 예술을, 문화를, 그리고 그들을 보는 시청자들의 행복을 위해 투자하는 것이지 돈을 본다면 연예계는 내가 투자할 시장이 못 됐다.

그리고 만약 투자를 한다면 사회의 지탄을 받을 것이다.

대기업이 골목 상권에까지 진출하는 것과 무엇이 다른가?

무엇보다 나는 연예인들에 대해 관심도 없고 잘 알지도 못한다. 이러한 점을 아이들이 알까?

이틀 후 이메일로 온 대본을 살펴보았다.

중심 내용은 역시나였다.

이것저것 마음에 들지 않았다.

나는 아직 사회에 기여한 바도 없으며 부자로서 어떠한 일을 한 적도 없었다.

단지 돈이 많다는 이유 하나만으로 방송에 출연한다는 것은 이치에 합당하지 않았다.

그리고 내가 이룬 부의 대부분은 미국에서 만든 것이다.

출연해야 한다면 그쪽에서 해야지 이건 아닌 듯했다.

다음 날, 방송국 PD 두 사람이 커피숍으로 찾아왔다.

한 사람은 중년으로 보이는 황낙연 PD고 다른 사람은 나에게 전화를 준 김진희 PD였다.

"김이열이라고 합니다."

"황낙연 총괄 프로듀서입니다. 만나 뵙게 되어 영광입니다."

"김진희 PD입니다."

"앉으시죠. 좋아하는 커피라도 있으신가요?"

"네, 캐러멜 마키아토를 좋아합니다."

김진희 PD는 달콤한 시럽을 추가로 넣어달라고 했다.

참 식성이 희한했다.

캐러멜 마키아토는 원래 달콤한 커피인데, 거기에 시럽을 더 넣어 먹다니.

황낙연 PD는 모카 커피를, 나는 아메리카노를 주문했다.

크지 않은 집필실에 세 명의 사람이 앉아 있으니 꽉 차 보였다.

커피나무를 비롯한 나무들이 방 안에 많이 있어 더 그런 듯하였다. 커피가 나오자 우리는 본격적으로 이야기를 하기 시작했다.

"대본을 보았습니다. 주로 제 이야기가 중심이더군요."

"그렇습니다. 어떻게 최고의 부자가 되었으며 그것을 어떻게 사회에 환원할지, 그리고 어떤 철학을 가지고 계신지 알고 싶어서요."

"그게 왜 알고 싶습니까?"

"네? 아니……."

"제가 부자인 것은 맞습니다. 하지만 제 부의 대부분은 미국에서 이룬 것입니다. 나가면 그쪽 프로그램에 나가야겠죠. 사회 환원도 미국에서 해야겠죠. 사회 환원이 그 사회의 제도와 사람들의 도움으로 이룬 부에 대해 감사하는 의미로 하는 것이라면 미국에 해야 한다고 생각합니다. 미국에 투자하고 남은 돈을 조금 가져왔더니 투자할 곳이 마땅치 않더군요. 조금만 사도 주가가 폭등하고 시가 총액이 작아서 살 것도 별로 없고요."

"아니, 그래도……."

우리나라 주식 시장이 과거에 비해 커졌다고 해도 시가 총액으로 따지면 아직은 미국에 비할 바가 아니었다.

황낙연 피디는 당황하면서도 계속 나의 방송 출연에 기대를 거는 모양이었다.

"그냥 아이들만 출연시켜 주십시오."

"하지만 아이들만으로는 시청률이 나오기 힘듭니다."

"아, 그런 일이 생길 수 있겠군요."

확실히 아이들만으로는 비중이 낮아 시청률을 보장할 수가 없었다.

내가 나온다면 확실한 이슈가 되니 재미를 떠나 시청률은 많이 나올 것 같았다.

"이렇게 하시죠. 아이들과 제 아내 현주가 같이 출연하는 겁니다. 그리고 제게 궁금한 것이 있다면 아내를 통해 답변하는 방법은 어떻습니까? 사실 저는 연예인도 아니고 유명한 정치인도 아닙니다. 돈이 조금 많을 뿐인데 방송에 적응하기도 쉽지 않을 것 같습니다."

"그 방법도 썩 나쁘지는 않군요. 하지만 역시……."

황낙연 피디와 김진희 피디의 눈동자가 반짝이고 귀가 쫑긋하는 것을 보니 마음이 솔깃한 모양이다.

"광고는 잘 팔리고 있습니까?"

"네에……?"

황낙연 피디는 총괄 피디로 이것저것 다 살펴야 하는 직책이었다.

당연히 광고 매출도 그가 체크해야 했다.

"제가 가진 것이 돈밖에 없으니 이렇게 하시죠. 영대자동차 광고를 1년 동안 그 프로그램에 깔아드리겠습니다."

「다음」이 아무리 잘나가는 프로그램이라고 해도, 1년 내내 광고가 계속해서 팔리기란 쉽지 않다.

그러니 이만큼 매력적인 제안은 없을 것이다.

이 정도야 내가 대주주고 6천억의 위탁금을 맡고 있으니 별 무리 없이 할 수 있었다.

"그렇게까지 해주신다면 저희야 더 바랄 바가 없죠."

황낙연 피디가 재빠르게 대답했다.

김진희 피디도 은근히 기뻐하는 모습이었다.

자본주의 사회에서 외면하고 싶지만 할 수 없는 것이 바로 돈이었다.

아무리 좋은 프로그램이라도 광고가 팔리지 않으면 조기에 접어야 하기에 방송계에서 이런 제안을 무시하기란 쉽지가 않을 터였다.

다음 날부터 김진희 피디와 작가 두 명이 찾아와 대본을 만들기 위해 의견을 교환했다.

그래서 방송에서 찍을 내용은 아이들을 중심으로 하되, 내가 연예 기획사를 운영하는 이유와 앞으로의 계획, 그리고 아내와 만나게 된 동기 등을 이야기하고 자세한 말은 하지 않기로 했다.

역시 광고의 힘이 절대적으로 작용했는지 내 의견을 대부분 수용해 주고 있었다.

현주에게는 내가 먼저 말하고, 김진희 피디가 후에 따로 전화를 주기로 했다.

그렇게 골치 아픈 일이 정리되었다.

아내의 말을 거절하지 않고, 그렇다고 아이들의 청도 무시하지 않으며 방송에 나가지 않게 되었으니 나로서는 더 이상 바랄 것이 없었다.

나는 집으로 돌아와 현주에게 이 사실을 알려주었다.

"정말이에요?"

"응, 방송에 나가서 실수할 수도 있잖아. 난 연예인이 아니니. 그러니 당신이 나가서 내 대신 말해줘."

"그럴까……."

눈치를 보니 현주도 은근 「다음」이라는 프로그램이 욕심나는가 보다.

「다음」은 출연자들의 웃긴 모습이나 억지웃음을 유발하는 프로그램이 아니었다.

출연자를 배려하는 화려하고 멋진 편집에 대부분의 연예인들이 꼭 나가고 싶어 하는 프로그램이었다.

"부탁해."

"하는 거 봐서요."

"그럼 오늘 밤을 뜨겁게 보내면 될까?"

"물론……."

붉어지는 얼굴을 보니 마음이 있는 것 같았다.

그러고 보니 한동안 바빠 잠자리를 같이 못 했다.

현주도 아기들 키우느라 피곤해 분위기 잡을 여유가 없었다. 이렇게 나는 내 한 몸 희생해 방송 출연을 현주에게 넘겨 버렸다.

절정의 밤을 보낸 현주는 두말없이 방송에 출연하겠다고 했다.

아이들을 키우느라 한동안 방송에 나가지 않아 약간 긴장하는 모습이 보였지만, 대종상에 빛나는 그녀의 연기는 토크 프로그램에서도 빛이 났다.

나는 방송 녹화를 무사히 끝내고 신이 나 있는 아이들과 현주에게 밥을 사주었다. 그리고 다음 날 기획사로 출근하였다.

"사장님, 어서 오십시오."

문을 열자마자 안내 데스크의 나지연 씨가 웃으며 인사를 해 온다.

"안녕하세요. 장성찬 실장님 좀 제 방으로 오라고 해주세요."

"네, 사장님."

들어와 책상에 앉으니 사장의 방이라고 하기엔 작았다.

겨우 사람 두셋이 모여 이야기를 할 수 있는 공간인데, 이는 잘 사용하지도 않을 것이기에 일부러 내가 시킨 일이었다.

노크 소리와 함께 그가 들어왔다.

"부르셨습니까?"

"네, 앉으시죠."

"덕분에 녹화 잘 끝냈습니다. 그런데 장 실장님, 제가 어떤 사람으로 보이십니까?"

"네?"

그는 약간 당황한 표정으로 나를 바라보았다.

"제가 아이들을 사랑하는 것은 맞습니다. 그래서 어지간한 말들은 다 들어주는 편이고요. 하지만 YM 엔터테인먼트 이 회장님이 소속 가수나 배우들을 위해 방송에 나갔습니까?"

"죄송합니다."

"시가 총액이 500억도 안 되는 회장조차 그러는데, 대한민국 제일의 부자가 아이들을 위해 얼굴을 팔아야겠습니까?"

"죄, 죄송합니다. 사장님."

"아이들이야 철이 없다고 해도 장 실장님과 SN 엔터테인먼트는 도를 넘었습니다. 이번 일은 파면 사유에 해당하지만 한 번의 기회를 더 드리겠습니다. 제가 허허허 웃는다고 가볍게 생각하시면 곤란합니다. 제 경영 철학에 따라주셔야 같이 일할 수 있습니다."

"명심하겠습니다."

그는 극도로 긴장을 했는지 이마에 땀이 송골송골 맺혀 있었다.

나는 그에게 다시 한 번 내 경영 철학을 이야기해 주었다.

"우리 회사는 돈 벌려고 차린 회사가 아닙니다. 애들이 벌면 얼마나 벌겠습니까? 이제 아이들도 어른이 되었으니 돈을 더 벌고 싶으면 계약 기간이 끝나는 대로 다른 곳을 찾아가겠지요. 무슨 말인지 아시겠습니까?"

"네네, 물론입니다."

아이들 앞에서 언제나 실없이 웃는 나를 보고 우습게 여긴 듯했다.

사람 자체는 나무랄 데 없는데 상황 판단이 조금 느린 것 같았다.

이런 일이 생기면 자기 선에서 커트를 해야지, 어디 자기 상관을 TV에 출연시켜 아이들 인지도 높일 생각을 한단 말인가?

이것은 기본에 해당하는 사항이었다.

불쾌하였지만 그 정도로만 하고 끝냈다.

더 이야기를 하면 내가 추해 보일 것 같아서였다.

"나가보세요."

"네, 사장님."

들어올 때와 달리 잔뜩 군기가 든 그의 모습에, 그제야 부하 직원 같아 보였다.

SN 엔터테인먼트의 김승우 대표는 웃어른이라 장 실장처럼 책임 추궁은 하지 못하고 부탁을 드리는 선에 그쳤다.

"오빠, 오늘은 출근하셨네요."

마침 나미와 진미가 문을 열고 빠끔 얼굴을 들이밀었다.

"들어와라."

"네, 오빠. 히히."

이제 대학생이 되었어도 내게는 중2처럼 행동하는 녀석들에게 애착이 갔다.

아이들도 알 것이다.

내가 얼마나 자기들을 위하는지.

"이제 너희도 성인이 되었으니 스스로 판단할 수 있을 것이라 생각한다. 나는 너희가 유명해지는 것도, 돈을 많이 버는 것도 바라지 않아. 너희가 행복해지기만을 바랄 뿐이다. 인기를 너무 좇다가는 인생이 비참해질 수 있어."

"네, 이번 「다음」 출연은 너무 죄송했어요. 저도 이야기를 듣고 순간의 욕심에 무리한 요구를 한 것 같아요. 오빠에게 전화를 드리고 나서 후회 많이 했었어요."

이야기를 하며 눈물을 글썽이는 나미를 보자 더 이상 야단을 치기도, 타이르기도 뭐했다.

천진난만하고 해맑은 모습이 좋아 후원하기로 해놓고, 이제 성인이 되었으니 네 일은 네가 알아서 하라고 말하기도 곤란했다.

이미 정이 들 만큼 든 녀석들이었다.

"그래, 알면 되었다. 늘 하는 말이지만 인기에 연연하면 삶이 망가진다는 거 명심하고. 돈 욕심 버리고 내 삶의 주인이 되려고 노력에 노력을 하면 언젠가 세계 정상에 서 있을 거야. 너희의 재능은 능히 그럴 만하니까, 알았지?"

"네에."

다시 웃는 나미를 보며 걱정이 좀 되었다.

주위에 아끼고 위하는 사람만 있다 보니 너무 순진한 것이 아닌가 하는 의구심이 들었다.

'장 실장에게 나미를 조금 굴리라고 해야겠군.'

나이가 조금 더 들면 나아지겠지만 일찍 연예인이 되어 정상적인 학교생활과 대인 관계를 가지지 못한 것이 아닌가 싶었다.

나미의 경우는 자기의 말이라면 뭐든 들어주는 진미가 곁에 있어 오히려 그녀의 사회성을 해치는 듯했다.

'그래, 나미야. 미안하다. 좀 굴려야겠다.

현주와 아이들의 「다음」 출연 분은 2주 후에 방송되는 터라 한동안 그 사실을 잊고 있었다.

게다가 평상시 나는 TV를 거의 시청하지 않는 편이었다.

하루는 회사에 출근하니 여직원들이 나를 대하는 태도가 평소와 달랐다.

남자 직원들은 나를 보고 웃기까지 했는데, 뭔가 있는 것 같았지만 무엇인지 알 수 없었다.

그때까지는 그것이 방송 때문이라고는 전혀 생각 못했다.

기분이 나빠져 일도 하지 않고 회사를 나왔다.

사실 회사에 가봐야 내가 할 일은 별로 없었다.

주식 시장은 견고한 상승을 하고 있어 이러한 때에 사고팔기를 하면 오히려 손해를 봤다.

지금은 주식을 매입하고 가만히 있는 것이 최고였다.

회사를 나와 커피숍으로 가는데 길거리에 옹기종기 모여 있는 여학생들이 보였다.

나는 무심코 그 곁을 지나갔다.

그때 여학생 하나가 나를 보더니 소리를 질렀다.

"꺄악, 이열 오빠다."

"어디, 정말이다. 와, 너무 잘생겼다."

여학생들이 다가오자 뒤에 있던 경호원들이 나서며 제지하였다.

"뭐야, 이 아저씨들은? 우리 이열 오빠 만나려고 2시간 동안이나 기다렸단 말이에요."

나는 여학생의 말을 듣고 깜짝 놀랐다.

표정을 보니 연예인 지망생도 아닌 것 같았다. 그리고 요즘은 직원을 많이 뽑아서 내가 굳이 아이들의 오디션을 보지 않아도 잘 돌아가고 있었다.

"오빠, 사인 좀 해주세요."

"엉?"

"어제 「다음」 봤어요. 현주 언니가 하는 이야기 듣고 팬이 되기로 결심했어요."

'헐.'

도대체 현주가 뭐라고 했기에 이런 사단이 벌어졌단 말인가?

지나쳐 가려다 끝까지 따라온 여학생의 요청을 물리치지 못하고 결국 사진을 같이 찍었다.

사인은 내가 연예인이 아니라서 거절했다.

커피숍에 들어와 보니 직원들이 진땀을 흘리고 있었다.

여학생들이 엄청나게 많이 들어와 사람이 지나가기도 힘들 정도였다.

"사장님, 여기 오시면 안 돼요."

전지나 지배인이 재빨리 다가와 조용하게 속삭였다.

하지만 그 소리가 옆에 있는 소녀의 귀에 들린 모양이다.

"앗, 이열 오빠다."

"어디, 정말이다."

여기저기서 사진 찍느라고 야단이었다.

'하, 이게 무슨 일인가?'

아까 회사에서 직원들이 이상하게 바라볼 때 눈치를 챘어야 했다.

나는 아이들을 향해 말했다.

"김이열이라고 합니다. 혹시 저를 만나러 오셨습니까?"

"네에!"

여학생들이 한목소리로 대답했다. 그 높은 소프라노 톤에 귀가 멍멍해졌다.

"왜 저를 만나러 오셨는지는 모르지만, 일단 자리에 앉을 수 있는 분은 앉아 주세요. 제가 커피나 녹차를 대접하겠습니다."

"와아!"

"사장님, 2층은 자리 여유가 있습니다."

전지나 지배인이 2층을 둘러보고 말했다.

2층이라고 해봐야 그다지 넓지 않았다.

직원들에게 휴식 공간을 제공하기 위해 2층의 일부를 구입하여 아래층과 연결한 것이다.

"일단 자리에 앉아 계시면 저희 직원이 번호표를 줄 것입니다. 해당 번호가 되어 주문을 하시면 원하는 음료수를 제공하겠습니다. 혹시 식사를 안 하고 온 학생이 있으면 쿠키와 케이크를 드리겠습니다. 지배인님, 옆집 베이커리 가게에 연락하셔서 빵을 되는 대로 가져오라고 하십시오."

예측 불가능한 소녀들의 마음을 진정시키기 위해 일단 먹을 것을 제공했다.

인간은 얻어먹으면 미안한 마음이 생기게 마련이었고 그

만큼 통제하기가 쉬워졌다.

"아, 그리고 저는 여러분이 왜 여기에 왔는지 모르는데 혹시 아시는 분 있으십니까?"

말이 끝나자마자 여기저기에서 대답을 해댔다.

너무나 동시다발적으로 이야기를 하고 있어 하나도 못 알아듣고 있는데 전지나 매니저가 손을 살며시 잡아끌었다.

나는 그녀를 따라 집필실로 들어왔다.

"도대체 어떻게 된 것입니까?"

"3시 넘어서부터 아이들이 늘어나는데 걔네가 사장님 이야기를 해서 저도 인터넷을 검색해 봤습니다. 아마 어제 방영된 「다음」이라는 프로그램에서 현주 씨가 한 말 때문인 것 같습니다."

아까 커피숍 밖에서 여학생에게 들은 이야기와 같았다.

도대체 무슨 일이 있었기에 여학생들이 이렇게 몰려왔단 말인가?

"아내가 무슨 말을 했는데요?"

"직접 보시는 편이 나을 것입니다."

전지나 지배인이 스마트 폰에서 다운받은 문제의 「다음」 프로그램을 보여줬다.

현주는 나에 대해 온갖 좋은 이야기를 다 했다.

처음 만났을 때 자기를 알아보지도 못했다는 것에서부터

시작하여, 사랑을 얻기 위해 끝없이 찾아가 구애했던 것, 그리고 마침내 소중한 사랑을 얻었을 때의 감격 등을 이야기했다.

그런데 이런 이야기만 가지고 아이들이 나를 찾아오지는 않을 듯했다.

그때 옆에 얌전히 있던 진미가 중2 때 자살을 하려고 학교 옥상으로 올라갔던 이야기가 나오면서 방청객들의 탄성이 나오기 시작했다.

그리고 나미가 암에 걸려 치료하는 과정에서 내가 보여준 진심 어린 행동들이 언급되었다.

화룡정점은 효주였다.

그녀는 나와 계약을 하고 나서 자상한 배려와 인간적인 대우에 감동받았다는 이야기를 했다. 그러자 방청객들의 환호는 최고에 이르렀다.

얼굴 팔리기 싫어 현주와 아이들만 내보냈더니 내 얼굴에 금칠을 한 것이었다.

그리고 조금 전에 같이 사진을 찍었던 여학생이 그 짧은 사이에 인터넷에 글을 올렸다.

글의 내용이 가관이었다.

그녀와 어색하게 찍은 나의 사진 밑에 설명이 첨부되어 있었다.

이열 님과 함께 사진을 찍다. 연예인이 아니라 사인은 거절하셨지만 정말 친절하신 분임을 확실히 인증함. 사진은 찍지 마세요. 저도 엉겁결에 찍기는 했지만 별로 좋아하지는 않으시는 듯해요. 음하하하, 그래야 내 사진이 김느님의 유일한 사진이 되지. ㅋㅋㅋ

참 이해할 수 없는 일이었다.

방송 내용만 보면 아이들이 나를 찾아올 이유가 없는데 왔으니. 실제 내 나이는 이제 50을 훌쩍 넘겼다.

이런 아이들의 행동을 이해 못할 바는 아니었다. 무엇인가 마음을 둘 곳을 찾는 아이들이었다.

문을 열자 차분하게 커피와 음료수를 받아가는 학생들이 보였다.

집필실을 나오자 모두 두 눈을 크게 뜨고 나를 바라보았다.

"어제 방송된 그 프로그램을 방금 보았습니다. 그 내용이 거짓은 아니지만 제 아내나 아이들이 좋게 말해줬을 뿐입니다. 여러분은 지금 소녀지만 언젠가는 어른이 되고 아이들의 어머니가 되겠지요. 그리고 할머니가 될 것입니다. 인생은 그렇게 흘러갑니다. 그리고… 인생에는 NG가 없으니 되돌릴 수 없습니다. 그래서 저는 여러분에게 성공적인 삶을 살라고 하기보다 나이에 어울리는 행복한 삶을 살았으면 하는 바람이 있습니다. 이렇게 궁금하면 찾아오는 것도 매우 긍정적인 일이라 생각합니다. 하지만 1년에 한두 번만 이렇게 하시고 평상시에는 자신이 원하는 것을 하셨으면 합니다. 제가 지금의 아내를 만났을 때, 아, 제 아내에게 들으셨죠?"

"네에."

말이 끝나자마자 학생들이 일제히 대답했다.

여학생들은 어떻게 보면 다루기 힘들면서도 쉽다.

어느 정도 기분을 맞춰주면 순한 양이 된다.

물론 무시하면 순식간에 암사자로 돌변하니 여학생들을 무시하면 큰일 난다.

"제가 다니는 직장은 자유로운 편이지만 상사의 눈 밖에 나는 짓을 하면 안 됩니다. 인사 기록에 한 번 기록되면 절대 지워지지 않거든요. 한번은 아내와 함께 커피숍을 갔는데 정신이 퍼뜩 든 겁니다. 안 그래도 인사고과에서 힘든데. 그래서 아내를 커피숍에 내버려 두고 회사로 돌아와 조퇴 신청을 했습니다. 퇴근 시간이 1시간밖에 안 남았는데 말이죠. 그때는 사귀는 사이도 아니어서 조금 귀찮았거든요. 아내는 근처에서 영화를 찍고 있어서 자주 찾아왔었죠. 제가 왜 이 이야기를 할까요?"

"몰라요."

"예쁜 부인 자랑요."

"하하, 제 소심한 복수입니다. 말도 안 되는 이야기로 저를 곤란하게 만들었으니까요."

"호호호, 정말 소심한 복수시다."

빵을 먹으며 좋아하는 아이들의 모습을 보니 나도 기분 좋아졌다.

아, 이 맛에 연예인을 하는구나 하는 생각이 들었다.

"막간을 이용해 제가 노래를 한 곡 부르고 싶으나 그건 절대 안 되겠고, 저기 여러분 뒤에 숨어 커피를 마시고 있는 경미 양이 한 곡 부르겠습니다. 가수만큼은 아니지만 그 못지않게 잘 부릅니다. 경미 양의 노래가 끝나면 부르고 싶은 분은 나와서 부르셔도 좋습니다. 가장 잘 부른 분은 제가 이 커피숍에서 5년 동안 하루 한 잔의 커피를 무료로 마실 수 있는 쿠폰을 드리겠습니다. 그러니 나중에 애인이 생기면 이곳으로 데려 오셔서 그분을 우리 가게 단골로 만들어 주시기 바랍니다."

"네에."

여학생들이 일제히 대답했다.

경미가 머뭇거리면서 앞으로 나오지 않자 그녀에게 속삭였다.

"잘 부르면 가수 데뷔도 생각해 볼게."

"정말요?"

"응."

"그럼, 한번 해볼게요."

목소리를 가다듬은 경미는 2층으로 올라가는 계단에서 인사를 하고 노래를 불렀다.

가수를 하겠다는 아이였으니 당연히 노래는 잘 불렀다.

경미의 노래가 끝나자마자 기다렸다는 듯 아이들이 나와 노래를 불렀다.

요즘 아이들은 빼는 게 없다.

5년 동안의 커피 쿠폰이 걸리자 있는 실력 없는 실력을 발휘하며 노래를 불렀다. 그리고 5년간 무료 쿠폰을 받아 간 아이는 뛸 듯이 좋아했다.

이름과 전화번호를 받고 일주일 후에 쿠폰을 준다고 했다.

쿠폰이라고 해봐야 별거 없었다.

충무로로 가서 우리 커피숍의 로고를 집어넣고 학생의 이름과 주민번호 앞자리 4자리를 적어 넣은 플라스틱 카드를 하나 만들었다.

그게 끝이었다.

졸지에 커피숍이 장기 자랑 장소로 변해 버렸다.

기존의 단골들이 들어왔다 놀라서 주위를 두리번거리면, 직원들이 재빨리 다가가 상황을 간략하게 설명하며 커피를 무료로 제공했다.

그렇게 하루를 보내고 집에 들어오니 기운이 하나도 없었다. 힘든 일은 하지 않았는데 어린 여자아이들을 대하다 보니 신경이 많이 쓰였던 탓이다.

조금만 실수를 해도 예민한 아이들은 인터넷에 나에 대한 악플로 도배할지도 몰랐다.

그것을 내가 어떻게 감당을 한다는 말인가?

아무튼 무사히 시간을 보내고 나니 안도의 한숨이 저절로 나왔다. 현주에게 그 이야기를 하니 벌어진 사태에 놀라면서도 한편으로는 피식거리며 웃는다.

왜 자꾸 웃냐고 물으니 그냥 재미있다고, 원래 연예인에게 그런 일은 일상이라고 이야기한다.

'그래서 어쩌라고, 내가 연예인도 아닌데.'

아내의 웃는 의도는 자신이 그렇게 힘든 직업을 가지고 있으니 알아달라는 것 같았는데, 각각의 직업에는 장단점이 있으니 나름 즐기는 사람도 있을 터였다.

그게 끼가 있는 사람이겠지.

*   *   *

이번 사건을 통해 깨달은 것이 하나 있다. 바로 매스컴의 힘이었다.

토크쇼에 잠깐 나온 내용만으로 이러니, 사회의 구조를 바꾸기 위해서는 언론의 도움이 절실하다는 것을 느꼈다.

다행스럽게도 이번에 국회에 상정된 징벌적 보상 제도는 통과될 것 같았다.

대기업 중 영대차와 기안차가 찬성으로 돌아서고, 한국 최고의 기업인 삼송그룹에서도 찬성을 하고 나오니 재론의 여지가 없어졌다.

법이라는 것이 만드는 데 이렇게 시간이 걸린다.

하지만 이게 당연하다고 생각했다. 한 번 만들어진 법은 어지간하면 폐기되지 않으니 신중하게 입안되어야 한다.

매스컴에서 간간이 사정연을 대표하여 남도일 변호사가 나와 여론을 띄웠다.

한국의 대표적인 기업 두 개가 찬성하고 대부분의 중소기업이 찬성하니, 정부나 국회의원들도 더 이상 버틸 명분이 없어졌다. 그리고 징벌적 보상 제도는 마침내 9월 정기 국회에서 정식으로 통과되었다.

장장 4년 만의 쾌거였다.

4년 동안 우리는 하나의 법을 만들었다.

이 법이 미치는 파장을 생각하면 결코 오래 걸린 것이 아니었다. 나는 우리 사회를 비추는 찬란한 빛을 보는 것 같아 마냥 기분이 좋았다.

우리 사회에 징벌적 보상 제도가 들어왔으니 공정 거래 위원회의 과징금도 이제는 징벌적 성격을 띠어야 한다.

이전처럼 눈 가리고 아웅 식의 솜방망이 벌금은 더 이상 매길 수 없게 되는 것이다.

이 제도가 정착되려면 물론 더 많은 시간과 시행착오를 겪어야겠지만 가장 중요한 것은 판사들이다.

지금처럼 판사들의 입맛에 맞춰 죄의 유무가 판결나는 것은 옳지 않다.

또 하나 염려스러운 것은 우리나라 판사는 가해자들의 인권을 필요 이상으로 존중해 준다는 점이다.

그래서 어떤 때는 피해자의 인권보다 더 보호되곤 한다.

한 예로 성폭력 범죄가 외국에 비해 지나치게 관대한 처벌을 받고 있다.

자기 딸이 그런 일을 당했으면 그런 판결을 내릴 수 있겠는가? 그런데 웃긴 일은 자기들이 당하면 증거가 없어도 중형을 때린다는 점이다.

그러니 '석궁 판사' 같은 일이 발생하는 것 아닌가?

쏘지도 않은 화살로 판사는 김영호 교수에게 4년 형을 선고했다. 와이셔츠에 혈흔도 없고 부러진 화살도 없는, 도무지 증거가 없는데 실형을 선고했다.

위협만 했는데 중형이라니.

그러면서 정작 씻을 수 없는 피해를 입은 사람들에게는 철저하게 증거를 요구한다.

그러니 도가니 사건, 부러진 화살 사건이 발생하는 것이다.

사법부는 점점 미쳐 가고 있다. 정의롭지 못한 저울로 신뢰를 잃어버렸다.

'그래, 이번엔 사법부다.'

이 땅의 부패 대부분은 사법부의 부정에 기인한다.

사람들은 국회를 욕하고 재벌을 비난하지만 가장 큰 잘못을 저지른 곳은 부정직한 저울로 죄를 논단한 사법부에 있다.

사법부가 눈을 감아주지 않았다면 감히 그들이 그렇게 할 수 없을 것이다.

솜방망이로 처벌한다면 있으나마나한 법이 될 것이다.

어떤 면에서 징벌적 보상 제도는 법으로 만들 필요도 없었다. 사법부가 법을 엄격하게 적용했으면 대기업이 중소기업에게 그토록 잔인하게 하지 못했을 것이다.

그리고 징벌적 보상 제도가 법으로 지정된 지금, 그들도 어쩌지 못할 것이다.

이런 생각은 순진한 것일까?

『도시의 주인』 6권에 계속…

김현우 퓨전 판타지 소설

레드 크로니클
Red Chronicle

『드림워커』, 『컴플리트 메이지』의 작가
김현우가 색다르게 선보이는 자신작!

『레드 크로니클』

백 년의 세월 검을 들고 검의 오의에
다가선 남자 티엘 로운.

모든 것을 베는 그가 마지막으로
검을 휘둘렀을 때
그를 찾아온 것은 갈라진 시공간,
그리고… 자신의 젊은 시절이었다!

"하암, 귀찮군."

검의 오의를 안 남자가 대륙을 바꾼다!
티엘 로운의 대륙 질풍기!

Book Publishing CHUNGEORAM

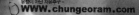

유행이 아닌 자유추구 -
WWW.chungeoram.com

말년병장, 이등병되다!

에바트리체 장편 소설

FUSION FANTASTIC STORY

대한민국 남자라면 알고 있을 바로 그 이야기!

『말년병장, 이등병 되다!』

전역을 코앞에 둔 말년병장, 이도훈.
꼬장의 신이라 불리던 그가 갑자기 훈련병이 되었다?!

"…이런 X같은 곳이 다 있나!"

전우애 넘치는 군인들의
좌충우돌 리얼 군대 이야기!

Book Publishing CHUNGEORAM

유행이 아닌 자유추구 -
WWW.chungeoram.com